오, 탁구!

오, 탁구!

김세인 장편소설

작가

내가 다니는 체육관에 시범 경기를 하러 초등학교 탁구부 선수 팀이 왔다.

선수 두 명이 게임을 하기 위해 테이블 앞에 섰다. 한 명은 인물이 훤했고 다른 한 명은 그냥 평범하게 생겼다. 평범하게 생긴 그 선수의 이름은 안재현이었고 나는 이상스레 그 선수에게 마음이 쓰였다.

두 선수와 경기를 하고 싶은 사람은 아무나 나오라고 했고, 생활 탁구 팀에서 두 사람이 나갔다. 안재현과 게임할 상대는 이 지역의 랭킹 Top 선수였다. 따라서 관중들의 시선은 랭킹 Top 선수 테이블에 쏠렸다. 선수와 일반인이 게임을 할 때는 핸디를 잡아 줘야 하는 게 규칙이라서, 안재현-배상수는 0-7로 게임을 시작했다. 결과는? 11-8로 안재현이 이겼다.

그 순간, 《오, 탁구!》의 주인공이 운명처럼 내게로 왔다.

아시안 게임이 치러지는 인천의 삼산 체육관까지 가서 안재현 선수를 만났고, 내가 무슨 목적으로 왔는지를 밝히고 인터뷰를 땄다. 그 후 시간을 내어 인터뷰를 했고, 안 선수는 탁구선수 생활의 애환이나 미담 등을 이야기해줬다. 그러는 과정에서 안 선수의 꿈이 내 주인공에게 전의 되면서 오탁구가 도쿄올림픽에 가서 금메달을 목에 걸 수 있을지도 모른다는 희망을 갖게 되었다.

이글은 당연히 소설이고 오탁구는 안재현이 아니다. 안재현 그리고 안 선수가 나온 동산 중·고에서는 건강하고 성실한 체육인의 몸과 정신만을 가져왔다. 그 보다는 오히려, 고용주 회장으로부터 자신의 선수 시절 이야기를 참고 했다. 그건 어디까지나 일부이고 90% 프로는 김세인의 가치관으로 버무린 픽션 임을 정확히 밝힌다.

청소년기의 어머니에게 품었던 원망이 이 글을 쓰는 원동력이 되었다. 상처를 상처로써 치유하는 아주 이상한 경험을 한 것이다.

부모가 부모로서의 역할과 책임을 다하지 않더라도, 상황이 제 아무리 바뀌더라도 본인이 본인을 지키려는 의지만 있으면 올바른 성인으로 자란다는 메시지를 주고 싶었다.

의리와 신의를 지키면 진실한 친구를 만날 수가 있다는 것도 우리 청소년 들에게 말해주고 싶었다.

모름지기, 가르치는 사람은 측은지심을 바탕으로 아직 여물지 않은 영혼에 흠집 내지 말 것도 당부하고 싶었다.

탁구 마니아로서, 언제부턴가 뒷걸음질 치고 있는 대한민국 탁구가 부활하기를 바라며, 일본 도쿄 구장에 애국가가 퍼졌으면 하고 마지막 게임을 광복절에 하는 것으로 설정했다.

부디, 이 글의 주인공처럼 대한민국 탁구팀이 도쿄올림픽 때 우승하기를 간절히 바란다.

여러 매체를 기웃거리며 자료의 힘을 빌렸다.

ITTF 홈페이지, 팀유승민 탁구클럽, 김택수 탁구클럽, 고고탁, 오케이 핑퐁, 빠빠빠, 탁구인생, 탁구이야기, 고슴도치, 으랏차차, 학교폭력 윤리 업무 등이 그것이다.

이 외에도 탁구에 관한 기사나 글을 자주 읽었고 동영상도 많이 보았다.

탁구를 사랑하는 작가가, 탁구의 저변 확대를 위해 애썼다고 양해해주길 바란다.

초고를 읽어준 글벗들, 고맙습니다.
해설문을 얹어주신 고용주 박사님 감사합니다.
세 번째 책을 기꺼이 내주신 작가 출판사 편집부 및 손정순 박사께도 고마움을 전합니다.

2018년 라일락 꽃향기 흩날리는 봄날,

김세인

* 소설적 전개를 위해 장치된 사건들에 대해 혹시라도 심기 불편한 점이 있다면 혜량 바란다.

―차례―

작가의 말 _ 04
프롤로그_ 2000년, 밀레니엄 베이비 _ 10

1부

1장_ 둥이, 아가, 오탁구 _ 13
2장_ 5인방과 '삐꾸' 그리고 3총사 _ 27

2부

1장_ 호랑이, 개구리, 두더지 _ 69
2장_ 제로(zero)는 제로(無) _ 109

3부

1장_ 상처의 민낯 _ 135
2장_ 0.7g의 세계로 컴백 _ 185

에필로그 _ 194
발문_ 가장 높이 나는 새가 가장 멀리 본다 _ 200

2000년,
밀레니엄 베이비

2천 년이 밝아오고 있었다.

대립과 갈등의 지난 천년을 끊고 평화와 상생의 미래를 약속하기 위해 세계정상들이 모였다. 묵은 천년이 저물고 새 천년의 문이 열리는 그 순간을 전 지구인이 함께 즐기는 이벤트를 벌이기로 결의하고 각국의 60개 방송사가 컨소시엄을 맺었다.

영국 런던은 우주장비를 이용해 불꽃놀이를 하기로, 미국 뉴욕은 타임스퀘어에서 4톤에 달하는 색종이 조각을 흩뿌리기로, 요르단 베들레헴에서는 평화를 상징하는 비둘기 2000마리를 날려 보내기로 했다. 아이디어의 올림픽이나 마찬가지로 치열한 경쟁이 예상 되는 이 이벤트에 한국도 동참하기로 했다.

'새천년준비위원회'를 발족했으며 '생명의 탄생'을 기획했다. 2000년 1월 1일 0시 정각에, 밀레니엄베이비(제왕 절개가 아니고 자연분만을 원칙으로)가 탄생하는 장면을, 전 지구인들에게 선물하겠다는 것이었다. 어떻게 인간 모체에서 아기를 과학의 시계에 맞추어 탄생하게 할 수가 있겠느냐고, 만화적인 발상이라고 수많은 사람들이 우려의 목소리를 냈지만 행사는 진행되었다.

한반도의 중심을 알리는 세계의 배꼽, '밀레니엄 옴파로스'의 상징을 부각

시키기로 하고, 그 원표(元標)가 설정되어 있는 세종로에 대형 우주시계추를 걸어놓았다.

드디어 1999년 자정이 가까워오고 있었다.

전 세계인이 주목하는 가운데, 밀레니엄 옴파로스 시계의 초침이 자정을 향해 현재 진행형으로 움직이고 있었다. 광장에 모인 시민은 물론이고 티브이를 시청하는 사람들은 모두 카운트다운을 시작했다.

"다섯, 넷, 셋…… 빵!"

'1999'에서 '2000'으로 숫자가 바뀌는 찰나, 축포가 터졌다.

지난 시간을 완전 삭제시키는 의미로서의 0, 그리고 새로운 세기가 시작되는 시그널이 잭팟처럼 빵하고 터지면서 2천 년의 서막이 열렸다.

축포소리와 함께 한 생명이 으앙! 하는 울음소리로 세상에 신고를 하며 탄생했다. 한 치의 오차도 없이 어미의 자궁에서, 마치 로켓이 발사되듯이 튀어나온 것이다.

이 경이로운 사실은 인터넷을 통해 전 세계에 타전되었으며, 이 아기는 CNN을 통해 공식적으로 밀레니엄 베이비로 인정받았다. 전 지구인들의 관심과 축복을 받으며 대한민국의 위상을 드높여 준 이 아기를 한국에서는 '즈문둥이'라고 명명했다. 즈문둥이란 천(天)의 옛말인 즈문을 딴 것이며, 새천년을 상징한다. 대통령은 이 아이에게 굳건하게 자라라는 뜻으로 '바위'라는 아명을 지어주었다.

같은 시각, 새천년 축포 소리와 함께 서울 송파구의 '21세기 산부인과'에서도 새해 첫 아기가 탄생했다. 몸무게가 2kg인 미숙아였다.

'21세기 산부인과' 건물에는, '祝 2000년 즈문둥이 탄생' 이라는 플래카드가 걸렸다. 경외의 마음으로 올려다보면서 사람들은 축원했다.

무럭무럭 자라서 이 나라의 보배가 되라고. 우리 대한민국을 지금보다 더 살기 좋은 나라로 이끄는 동량이 되어 달라고.

1부

1장

둥이, 아가, 오탁구

엄마가 켜놓은 티브이에서는 애국가가 흘러나오고 있었다. 둥이는 라켓 위에 공을 올려놓고 통통 튀기는 연습을 하고 있었다. 유관순, 삼일절 이런 낯선 단어들이 라켓에 맞은 공처럼 둥이의 귓바퀴에 부딪쳤다가 튀어나갔다. 그날은 자꾸 공이 튀어 나갔다. 자기 쪽으로 오는 공을 잡아서 손에 담으며 티브이 시청을 했다. 공이 튀어서 엄마의 얼굴에 맞았다. 그 공을 잡아채면서 엄마가 말했다.

"아들?"

아들? 늘 둥이라고 부르던 엄마가 아들이라고 말하는 바람에 둥이는 라켓을 떨어뜨렸다. 엄마가 방바닥을 가리켰고 둥이는 그 앞에 가서 앉았다.

"엄마 꿈은 올림픽에서 금메달 따는 거였어. …… 가슴에 태극기를 붙이고 열심히 싸워서 우승을 하고, 금메달을 목에 걸고, 시상대 제일 가운데 서서, 태극기가 올라가는 걸 바라보며 애국가를 부른다고 상상해봐…….”

엄마가 이상했다.

“엄마는 더 이상 탁구장에서 볼박스나 하고 있지 않을 거야. 힘들더라도 잠시 참아야 돼. 이게 우리가 살 수 있는 마지막 기회야. 너한텐 정말 엄마가 미안해.”

엄마가 둥이의 손을 얼굴에 비비며 울었다.

티브이에서는 태극기를 든 유관순 누나와 흑백 사진이 나오고 있었다.

“아빠를 만나러 갈 거야.”

아빠라고?

둥이는 고개를 갸웃했다.

기차를 타기 위해 용산역으로 갔다.

기차를 탔다. 지린내가 났고 이상한 말씨를 쓰는 사람들이 수다스럽게 떠들었다. 엄마는 팔을 괴고 창밖을 보며 눈물을 흘렸다. 둥이도 괜히 눈물을 흘리다가 잠이 들었다.

잠이 깨고 나서 지겨울 만큼의 시간이 흐른 후에 간신히 기차에서 내렸는데, 또 버스를 타야 한다며 표를 끊고 기다렸다.

“배고프지? 순댓국 먹자.”

순댓국집 옆에 중국집이 보였다. 둥이는 손을 잡아 빼며 그 집을 가리켰다.

“안 돼, 너 이제 절에 가면 고기 못 먹어. 너 고기 좋아하잖아.”

엄마는 자기 멋대로 순댓국집으로 들어갔다. 그릇에 담긴 순대를 새우젓에 찍어서 둥이의 입에 넣어주었다. 돼지 비린내가 심하게 났다. 둥이는 입에 넣은 것을 상 위에 뱉어버렸다. 멀미 때문인지 계속 구역질이 올라와서 입을 꼭 다물고 앉아 있었다. 엄마가 화난 얼굴로 둥이의 손을 잡아끌고 나왔다.

담배 냄새가 지독하게 풍기는 터미널 나무 의자에 앉아서 한참을 기다린 끝에 버스를 탔다.

날은 점점 어두워졌고 버스는 자꾸만 산 속으로 들어가고 있었다.

둥이는 무서운 생각이 들었다.

'아빠에게 가는 것이 아니라, 깊은 산에 나를 내다 버리려고 하는지도 몰라.'

버스에서 내려서 엄마가 길가에서 오줌을 누고 둥이도 오줌을 누는데 새가 울었다. 고추를 붙잡고 오줌 방울을 털다 말고 둥이는, 저 새는 잠도 안 자고 왜 밤에 울까……하고 있는데 엄마가 뜬금없이 노래를 불렀다.

"늦은 밤 깊은 밤에 밤새가 운다"

달이 떴다. 길을 걷자 달이 따라 왔다. 계속 따라오는 달을 보느라 고개를 꺾고 걷다가 나무에 걸려서 넘어졌다. 엄마는 야단도 치지 않고 또 노래를 불렀다.

"둥근달 달아날까 밤 지켜 바라보며…… 밤새가 운다"

엄마의 목소리는 물기가 촉촉이 배어있었다.

절에 도착했다. 엄마는 둥이를 한쪽에 세워 놓고 불 켜진 방 앞에 가서 사람을 불렀다. 어떤 사람이 둥이와 엄마를 데리고 가서 둥이만 방에 들여보냈다. 둥이는 보따리처럼 구석에 쭈그리고 앉아서 졸다가 잠이 들었다.

엄마 냄새가 나서 깼다. 엄마가 둥이를 끌어안으며 울었고 둥이도 엄마를 꼭 끌어안았다.

엄마, 나 여기 싫어. 나 집에 갈 거야. 그렇지만 둥이는 그 말을 입 밖에 내지 못하고 대신 속으로 별렀다. 자지 말고 있다가 내일 아침에 엄마를 따라가야지 하고.

눈을 떠보니 벌써 아침이었다. 엄마는 곁에 없고 커다란 가방만 놓여 있었다. 무거운 짐을 가슴에 올려놓은 것처럼 둥이는 답답해졌다. 그때 밖에서 무슨 소리가 났다.

"쓰윽, 쓰윽"

마당을 쓰는 비질 소리였다. 산 속에도 사람이 사나보구나, 그런 생각이 들었다. 비질 소리는 차츰 멀어져 갔다.

방에서 나와 산으로 가서 바위 옆에다 오줌을 누고 돌아와 운동화를 벗다 말고 둥이는 마당을 돌아봤다. 빗자국이 선명하게 나 있는 마당에는 둥이가 찍어 놓은 두 벌의 발자국이 나 있었다. 엄마 생각이 나서 숨듯이 방으로 들어갔다. 벽에 기대앉아서 울고 있는데 어떤 아저씨가 노크도 없이 불쑥 들어왔다. 둥이는 얼른 눈물을 훔치며 무릎을 꿇고 앉았다.

그가 화난 목소리로 따지듯이 말했다.

"다섯 살이라면서, 왜 이렇게 키가 작냐."

둥이는 괜히 미안해졌다. 그래서 좀 더 크게 보이려고 허리를 꼿꼿하게 폈다.

"이름이 뭐냐?"

'이름이요?'

"이름말이야. 네 이름! …… 다섯 살이나 먹은 게 어떻게 자기 이름도 댈 줄 몰라, 너 바보 아냐!"

아저씨가 얼굴이 시뻘게 지면서 때릴 듯이 소리를 지를때 둥이의 입이 급하게 열렸다.

"어…… 탁구!"

둥이라고 부르지만 그게 자기 이름은 아니라는 생각과 함께, 뭐라도 대야 한다는 생각이 부딪치면서 얼결에 탁구라는 말이, 마치 라켓에 맞은 탁구공처럼 둥이의 입에서 튕겨나갔다. 이때까지 둥이는 말을 제대로 하지 못해서 버벅거렸는데 그날은 정확하게 탁구라고 발음이 된 것이다.

아저씨의 표정이 바뀌었다.

"오, 탁구. …… 구 자 돌림인가 보구나. 내가 고아원에서 만난 형님이 있었는데 그 형님이 오영구였거든. 넌 내 새끼가 맞긴 맞는 모양이구나."

둥이는 꿇고 있던 무릎을 눈치껏 펴고 앉았다.

"그렇더라도 날 아빠라고 부르지는 마라."

둥이는 공연히 한숨이 나왔다. 억울한 생각이 들었고 그걸 참고 있자니 입이 튀어나오고 볼이 무거워지는 느낌이 들었다.

"큰 스님을 뵈러 가자. 이 절의 주인이니까, 잘 보여야 해."

아빠라는 사람은 괜히 신경질을 냈다.

"잘못하면 떨려 날 수도 있다고 인마!"

끌려가듯 아빠라는 사람을 따라 큰스님 방으로 갔다.

방은 크고 깨끗했지만 무슨 이상한 냄새가 나는 것 같았다. 낡은 책과 붓글씨를 쓴 종이가 신문더미처럼 많이 쌓여있었는데 거기서 나는 것인지, 아니면 스님이 입고 있는 옷에서 나는 것인지는 알 수 없었다.

큰 스님은 책상다리를 하고 앉아 있었고 그 앞에는 돗자리가 깔려 있었다. 아빠라는 사람은 그 돗자리 위로 가서 절을 했고 둥이도 따라했다.

"이 아이가 제 자식이랍니다."

스님은 소개를 받아놓고도 둥이를 바라보지 않은 채, 찻잔 두 개를 올려놓고 찻물을 따랐다. 한 잔을 다 마시더니 자기 찻잔에 차를 따르고 나서, 아빠 몫의 찻잔을 가리켰다. 아빠라는 사람은 차를 마시지 않고 벌 받는 자세로 앉아있었다. 목이 탔지만 둥이에게는 국물도 없었다. 다리가 저려서 자세를 고쳐 앉는 걸 보고 큰스님이 말했다.

"고놈 눈동자가 깊구나."

그게 다였다. 이름을 묻지도 않고, 나이를 묻지도 않았다. 스님은 걸어 다니지도 않고 밥도 먹지 않고 언제나 엉덩이를 땅에 대고 바위처럼 앉아있을 것만 같았다.

고놈 눈동자가 깊구나, 하던 스님의 말이 생각났다. 그럼 앞으로 내 이름은 '고놈'이 되는건가? 하는 생각을 하며 둥이는 방에서 나왔다.

아빠라는 사람이 주의를 주었다.

"다시 한 번 얘기하지만 나한테 아빠라고 부르지 마."

"머, 머……?"

"뭐라고 부르긴 인마. 아예 아는 체를 하지 마. 너는 너. 나는 나. 이렇게 지내. …… 앞으로도 쭈욱!"

둥이는 그 말이 섭섭하게 들렸다.

"난 내 한 몸 간수하기도 힘들어. 네 엄마가 지 맘대로 너를 낳았어.

오탁구는 한숨이 나왔다.

둥이는 아빠라는 사람을 오 처사라고 부르기로 했다. 오 처사는 장
작을 패고, 큰 스님 방에 불을 때고, 비둘기 똥을 치우고, 무거운 걸
들어 옮기고, 외부에서 찾아오는 손님이 오면 차를 끌고 마중 나가서
모셔오고, 행패 부리는 불량한 사람이 있으면 맞서 싸우는 일을 했다.

둥이는 공양주 보살님과 함께 살게 되었다. 방은 관짝(보살님 표현) 만
해서 요 두 개를 펴면 꼭 찼다. 보살님은 둥이를 '아가'라고 불렀다.
'고놈'보다는 아가가 둥이의 마음에 들었다.

음력 초하루 보름이 되면 신도들이 올라와서 법당을 청소하고 제기
를 닦고 떡과 과일을 차려놓는 일을 도왔다. 신도들은 자기 아이들이
입던 옷이나 신발을 가져왔지만 보살님은 그런 걸 돌려보내고 절 아
래 상점에서 파는, 동자승 옷을 사다가 아가에게 입혔다. 그 옷을 입
은 뒤부터 절에 찾아오는 손님이나 신도들은 아가를 보면 합장 했고
아가도 따라서 합장을 했다.

그러나 오 처사는 아가를 보면 시선을 다른 데 두거나 쌩하게 그냥
지나갔다. 그럴 때마다 아가는 가슴에 돌덩이가 들어찬 것처럼 답답
하고 머리까지 복잡해져서 기운이 가라앉았다.

매미가 소리 높여 우는 여름의 일이었다. 날이 너무 더워서 물놀이
를 하려고 계곡 쪽으로 올라가는데 오 처사가 그쪽에서 내려오는 게

보였다. 아가는 근처 나무 둥치에 등을 대고 숨었다. 시커먼 그림자가 다가오더니 아가 그림자 옆에 멈췄다.

"나 여기 떠난다."

아가는 그림자를 바라보기만 했다.

"스님이 되는 것도 나쁘진 않다."

오 처사는 혼잣말을 하듯이 지껄였다.

"공짜로 밥 먹여주겠다, 잘 데 있겠다, 옷까지 입혀주겠다. 때 되면 학교 보내주겠다 그만하면 됐지 뭐."

아가는 그 말이 귀에 거슬렸다.

아가는 마음 속으로 말했다.

'난 아빠가 되라는 건 되지 않을 거예요.'

오 처사는 떠나고 아가는 절에 남았다.

천둥벌거숭이처럼 산을 쏘다니며 버찌를 주워 먹고, 찔레를 꺾어 먹고, 심심하면 보살님을 따라다니며 상추를 뜯고 고추를 따고, 하루에 한 번씩은 물고기를 만나러 절 아래 호숫가에 놀러 다녔다. 연못보다는 크고 호수보다는 작은 그 곳엔 팔뚝만한 잉어 떼가 살았다. 떡이 생기면 떡을, 누룽지가 생기면 누룽지를 들고 가서 먹다가 떼어주면 그 부스러기를 받아먹으려고 잉어들이 몰려들었다. 나중에는 아가의 발작소리를 알아채고는 떼 지어 몰려와서 물방울을 뽀글뽀글 만들어 올렸다. 아가는 말을 하지 않고도 통하는 잉어들이 좋았다.

밤이면 보살님은 책을 읽었다. 책은 꽁지머리 아저씨가 도서관에서 빌려왔다. 두 분은 독서모임 친구라고 했다. 어느 날부턴가 그림동화책도 함께 빌려왔다.

"책을 읽으면 좋은 생각을 하게 된단다."

아가는 별로 내키지는 않았지만 보살님이 하자는 대로 따라했다.

보살님은 그림동화책을 읽어주면서 한글을 가르쳐 주었다.

한글을 어느 정도 익히고 나자, 날마다 동화책을 한 페이지씩 소리 내어 읽도록 시켰다. 이때까지도 말은 버벅거렸는데 이상하게도 책 읽을 때는 그렇지 않아서 아가는 책 읽는 일이 재미있어졌다. 점점 말도 버벅거리지 않게 되었다. 아저씨가 책을 바꾸러 나가는 날이면 오늘은 또 어떤 책을 빌려오실까, 기다려졌다.

그러던 어느 날이었다. 개암이 익었나 보려고 산 쪽으로 가고 있는데 하모니카 소리가 들렸다. 그 소리를 따라 올라갔더니, 꽁지머리 아저씨가 바위에 누워서 한쪽 다리를 접어 무릎에 올려놓고 하모니카를 불고 있었다. 주변 나뭇가지에는 빨아서 걸쳐 놓은 아저씨의 옷과 운동화가 널려 있었다. 아가는 무작정 호수로 달려갔다.

"물고기야, 아저씨도 절을 떠나려나 봐."

그날 밤, 보살님은 늦도록 방에 들어오지 않았고 아가는 혼자 잠들었다.

아침 공양을 하는데 보살님이 자꾸만 소매로 눈물을 찍어냈다.

아가는 밥 먹을 기분이 아니어서 누룽지 뭉치를 들고 공양간을 나왔다. 호숫가로 가려다말고 아저씨가 있던 방으로 가 보았다. 댓돌 위가 허전했다. 코에 'ㅈ'이 표시되어 있던 흰 고무신이 없어졌다. 아가는 마음이 이상해졌다. 둥지에 들어있던 새 새끼가 어느 날 갑자기 날아가 버렸을 때처럼 허전한 마음으로 방으로 갔다. 윗목에 앉아 훌쩍이며 콩을 까고 있는 보살님 옆에 하모니카가 놓여있었다. 아가는 하모니카를 만지작거렸다.

"갖고 싶으면 가져."

"이 아저씨 이제 안 와요?"

보살님은 대답대신 아가를 안아주었다.

아가가 여덟 살이 되었고 입학통지서가 나왔다. 이제부터 네 이름은 오탁구야, 라고 보살님이 알려주었다. 아가는 고개를 끄덕이며 "오탁구" 라고 발음해 보았다.

이튿날 아가는 보살님과 함께 읍내에 나갔다.

새 옷과 신발을 사고 이발소에 들렀다.

"머리를 기를 거니까, 예쁘게 다듬어만 주세요."

보살님이 그렇게 부탁할 때, 아가는 보살님의 손을 꼭 잡았다.

기분 좋게 이발소를 나오는데, 새로 생긴 탁구장에서 회원모집을 한다는 현수막이 붙어 있었다. 그걸 보고 보살님이 발걸음을 멈추며 한숨을 쉬었다.

"하모니카 아저씨 알지? 그분도 초등학교 탁구 코치로 가셨어. 그동안 몸이 아파서 절에 있었던 거였거든."

보살님이 물었다.

"우리 저기 구경 가볼까?"

아가는 보살님의 손을 놓고 막 뛰어서 탁구장으로 들어갔다.

테이블이 다섯 개 밖에 안 되지만 관장님이 여자였고 친절해 보였다.

절에 돌아와 보니 보살님 앞으로 택배가 와 있었다. 책가방이었다.

"하모니카 아저씨가 보내 주셨어."

아가는 책가방을 꼭 끌어안았다. 하모니카를 들고 계곡으로 올라갔다. 손나팔을 만들어 소리 질렀다.

"아저씨 고맙습니다!"

새들이 뭐라 뭐라 지껄이며 날아올라 다른 데로 갔다.

아가는 하모니카를 불어보았다. 내불었다 들이마셨다 하면서 열심히 불었다.

입학식을 치렀다. 이름 때문에 놀림을 받았다. 오징어, 오이지 그것까지는 참을 만 했는데, 빡빡이라고 놀리면 화가 났다. 쉬는 시간이나 점심시간이면 도서관으로 가서 책을 읽었다. 선생님이 없는 자습시간에도 늘 책을 붙들고 있으니까 이번에는 책벌레라고 놀렸다. 이래도 시비 저래도 시비였다. 아이들은 동네 별로 뭉쳐서 같은 편을 먹고 덤볐으므로 오탁구는 맞붙을 수가 없었다. 방과 후에는 운동장에서 모여서 놀았지만 오탁구는 끼워주지 않았다.

학교가 끝나고 집으로 가려고 버스를 기다리다가 너무 안 와서 탁구장으로 갔다. 어린애가 혼자서 왔다고 좋아했다. 관장님은 그룹레슨을 하고 있었고 레슨을 기다리는 아줌마들이 게임을 하는 중이었다. 네트가 아닌데 네트라고 우기고 있었다.

"네트 아닌데요."

라고 오탁구가 참견했다.

우기던 아줌마가 눈을 사납게 뜨고 쏘아 붙였다.

"쬐끄만 게 뭘 안다고 참견이니!"

다음 날 오탁구는 자기 라켓을 가지고 탁구장으로 가서, 어제 그 아줌마한테 말했다.

"저랑 게임 하실래요?"

그 아줌마가 콧방귀를 뀌더니 "그래!" 하고 빈 테이블로 갔다.

관장이 카운트 보드를 들고 와서 테이블에 앉으며 말했다.

"3판 이승. 핸디(핸디캡(Handicap- 경기자 간에 실력의 차이가 있을 경우, 경기를 대등하게 하기 위해서 우위의 경기자에게 부과하는 여분의 부담. 보통 '핸디'라고 함.)는 없다."

오탁구가 서브를 넣자 오! 하는 탄성이 나왔다. 게임 스코어 2-0으로 오탁구가 이겼다. 그 아줌마는 미안하다고 사과를 하면서 악수를 했다.

"너 탁구를 제대로 배웠구나. 실력도 좋지만 폼이 아주 잘 잡혔어. 내일도 치고 싶은데 올 거니?"

그 아줌마가 오탁구를 상대하다 말고 관장님을 쳐다보았다.

"좋아, 탁구 꿈나무를 위해 재능기부 한다, 내가."

관장님이 기분 좋게 받아들였다.

다음 날부터 오탁구는 학교 끝나면 탁구장으로 직행했다. 정식으로 레슨을 받고 회원들과 게임도 했다. 그러면서 틈틈이 계산대도 지켰고, 손님들이 시키는 자질구레한 심부름도 했다. 실력이 쑥쑥 올라왔다. 실력이 늘어서 육 개월마다 3개에서 4개까지 핸디를 잡혀줬다. 아줌마들은 보조 코치라며 오탁구를 모셨다. 맛난 것도 사주고 명절에는 돈을 모아 운동화와 체육복을 사주었다.

직장인 조기탁구반이 생겼고 관장님이 그 반에 들어가라고 보살님께 허락을 받아주었다. 첫차를 타고 나와서 조기 탁구반에서 탁구를 치고 학교로 갔다.

2학년 때 '방과 후 수업'이 생겼고 오탁구는 탁구반에 들었다. 아이들과 수준이 맞지 않아서 지루했지만 코치 샘이 가끔씩 별도로 지도해 주어서 계속 다녔다.

3학년이 되었다.

봄비는 조금씩 자주 내렸고 산이 점점 더 초록으로 물들어가는 동안 오탁구의 탁구 실력도 나날이 늘어갔다.

초파일을 앞두고 신도들이 올라와서 절 식구들은 다 같이 연등을 만들었다. 배롱나무 위에도, 무화과나무 위에도 붉은 연등이 열렸다. 마당이 불을 밝힌 듯 환해졌다. 바람이 불 때마다 나무들은 때때옷을 입은 아이들처럼 나풀나풀 춤을 추었다. 연등은 낮에 보면 꽃 같고 밤에 보면 등불처럼 환해서 보고 있으면 괜스레 마음이 따뜻해졌다.

초파일이 되었다. 그날은 일일 동자승 이벤트가 있었다. 아직 학교에 들어가지 않은 일곱 명의 남자아이들이 머리를 삭발하고 탑돌이를 했다. 오탁구도 그 대열에 끼어서 손을 모으고 마음을 모아 소원을 빌었다. 엄마가 오게 해주세요! 간절히, 간절히 빌었지만 엄마는 오지 않았다. 초파일 행사가 끝났다. 너무 허탈했다. 내년부터는 탑돌이 근처에도 안 갈 테다 하면서 오탁구는 일주문 쪽을 향해 침을 뱉었다.

오탁구는 탁구부가 있는 학교로 전학을 가게 되었다.

또 어디인가로 가는구나, 산도 좋고, 호수도 좋고, 보살님은 말할 수도 없이 좋은데.

오탁구는 그런 생각을 하며 학교에 갔다. 전학 수속을 밟으러 보살님이 학교에 왔다. 옷과 운동화를 새로 사줬고, 이발소에 들러 이발을 시켜줬고 자장면도 사 주었다. 그리고 함께 탁구장으로 갔다. 복식게임을 했다. 그날따라 게임이 잘 풀려서 무척 아쉬웠지만 오탁구는 작별인사를 해야 했다.

관장님에게서 장학금이 든 봉투를 받았다. 관장님과 회원들이 모은 거라고 했다.

"열심히해서 국가대표도 되고 올림픽도 나가, 우리가 응원하고 있을게."

이 말을 뒤로 하고 오탁구는 탁구장과도 이별을 했다.

큰 스님께 인사드리러 갔다.

"이 아이가 탁구에 남다른 재능이 있어서 탁구부가 있는 학교로 전학을 가게 되었습니다."

보살님의 말이 끝나고 오탁구는 스님께 큰 절을 올렸다.

"그동안 감사했습니다, 스님."

"그래, 무탈하게 있다가 가서 고맙다. 좋은 소식 자주 들려주기 바란다."

갑자기 뜨거운 눈물이 올라와서 오탁구는 눈을 끔벅거리며 얼른 나와 버렸다.

2장

5인방과 '삐꾸'들 그리고 3총사

오탁구가 전학 가는 학교는 경기도에 있는 청솔초등학교였다.

기차 타고 가면서 보살님이 주의를 주었다.

"짐작했겠지만 하모니카 아저씨가 코치 선생님이셔. 그런데 절에서 함께 살았다고 말하면 안 돼. 탁구 선수 출신 자녀들이 많이 다녀서 말을 조심해야 된다더라."

아저씨는 절에 있을 때, 늘 모자를 깊이 눌러쓰고 마스크를 하고 다녀서 맨 얼굴을 본 적이 없었고 말을 나눈 적도 없었으므로 처음 만나는 사람처럼 하는 게 오히려 더 자연스럽겠다고 생각했다.

학교에 도착하여 카페에서 기다리는데 아저씨가 왔다. 속으로는 반가웠지만 오탁구는 그냥 평범하게 "안녕하세요?" 라고 인사했고 아저씨도 "그래, 어서 와라." 라고 했다. 머리를 스포츠 스타일로 깎고 운동복을 입어서 그런지 아저씨는 딱 봐도 코치 포스가 느껴졌다. 오탁구는 속으로 코치님, 코치님 하고 연습을 했다.

보살님이 웬 통장을 내놓으며 말했다.

"큰스님이 주신 거예요. 진 선생님이 맡아두셨다가, 우리 아가에게 돈 쓸 일이 생기면 헐어 쓰세요."

"좋은 소식 자주 들려주기 바란다."

라고 말씀 하시던, 그 모습이 떠올랐다.

오탁구는 합장을 했다.

이날 오탁구 외에도 다른 두 명의 선수도 전학을 왔다.

이름은 강수, 임호이며 둘 다 3학년이다.

강수는 호주 시드니에서 왔고 임호는 전남 구례에서 왔다.

오탁구도 구례에서 왔지만 서울에서 태어났는데 잠깐 전라도에 있는 학교를 다니다 왔다고 말했다.

강수가 먼저 말을 붙였다.

"난 열한 살이야. 한 해 꿇었어. 그렇지만 같은 학년이니까 우리 친구 하자. 난 너희 둘 다 맘에 들어."

임호가 그 말을 받았다.

"좋아, 나도 그래."

"앗싸 아, 역시 운동부에 들어온 애들이라 다르구나."

오탁구는 기분이 좋아졌다. 게임을 뛰기 전에 하는 것처럼 손바닥을 펴서 댔고 두 친구도 그 위에 대면서 셋이서 아자! 하고 말했다.

합숙소로 이동했다. 3층짜리 주택에는 각각 방이 두 칸씩 있었는데 1층은 3,4학년, 2층은 5,6학년, 3층은 코치가 사무실 겸 숙소로 사용했다.

신입생 환영 겸 신고식을 하기 위해 모두들 3층으로 모였다.

강수는 다섯 살 때 호주 시드니에서 살다가 지난해에 한국으로 왔다. 아버지가 그쪽에서 사업을 하기 때문에 주로 거기 있고 어머니는 왔다 갔다 한다고 했다. 구기 종목은 다 좋아하고 골프를 하다가 탁구로 바꿨다고 했다.

임호는 매실나무가 많은 농원에서 태어났다. 아버지가 임화정 시인이며 집에 탁구대가 있어서 어릴 때부터 탁구를 쳤고 읍내 탁구장에 다니며 레슨도 받았다. 탁구 선수가 되려는 것은 아니고, 어머니가 아파서 입원하는 일이 자주 생겨서 합숙소 생활하는 곳을 알아보다가 오게 되었다.

오탁구 차례였다. 엄마랑 살다가 아빠에게 갔고, 아빠도 오탁구를 버려두고 가버렸다. 이게 사실이지만 오탁구는 그냥, 탁구가 좋아서 왔다고 말했다.

"탁구가 좋아서 온 건 오탁구 뿐이구나. 앞으로 너희들도 탁구를 좋아하기 바란다."

코치의 말에, 두 친구는 서운해 하기는커녕 오탁구를 향해 박수를 쳐주었다. 오탁구는 얼른 일어나서 다시 인사를 했다.

"환영한다. 그리고…… 운동선수란 운동을 직업으로 하는 사람이다. 그러나 운동하는 기계가 되어서는 안 된다. 틈틈이 수업에 들어가고 알아서 진도를 따라가기 바란다."

코치는 운동하는 기계가 되지 않는 조건을, 손가락을 하나하나 꼽아가며 예를 들었다.

수업도 열심히 하고, 외국에 나갈 때를 대비해서 영어회화는 필수로 하고, 그리고 장기 하나씩은 익혀두기 바란다고도 했다.

합숙소 방장이 바통을 이어받아 사회를 보았다. 장기 자랑을 시작하겠다며, 삐꾸 나와서 시범을 보이라고 했다. 그러자 4학년 선배 하나가 나와서 눈알 굴리기 장기자랑을 했다. 웃음바다가 되었다. 임호가 귓속말로 오탁구에게 물었다.

"왜 '삐꾸'라고 하지?"

"글쎄, 눈알도 멀쩡한데."

오탁구는 이렇게 대답하며 강수를 보았지만 강수는 자기도 모르겠다는 뜻으로 어깨를 한번 들었다 놓았다.

이어서 신입생들이 장기 자랑을 할 순서였다. 강수는 원어민 발음으로 간단한 생활영어를 했고, 임호는 자기 아버지가 쓴 동시를 낭송했고, 오탁구는 하모니카를 불었다.

"오탁구의 '섬 집 아기' 하모니카 연주를 오늘의 우승으로 하겠다."

방장의 말이 끝나기도 전에 앵콜 박수가 쏟아졌다. 이번엔 '오빠 생각'을 연주했다. 두 곡 모두 엄마가 자장가로 불러주던 곡이었다.

앞으로 미우나 고우나 한솥밥을 먹을 사이이니까 가족처럼 따뜻하게 서로 보살펴 주기 바란다는 코치의 당부를 듣고 각자 자기 방으로 들어갔다.

다음날 수업 종이 울리기도 전에 선배들을 따라 체육관으로 갔다.

운동을 하기 전에 반드시 몸을 풀어주어야 부상을 당하지 않는다면서 둥그렇게 모여서 준비운동을 했다. 선배들은 거의 에어로빅 수준으로 유연하게 스트레칭을 했지만 신입생들은 비틀거리며 넘어졌다.

그렇지만 겨우 준비 운동 하나 따라 했을 뿐인데 오탁구는 탁구를 제대로 배울 수 있겠구나, 하는 기대감이 생겼다.

선배들이 모두 테이블을 차지하고 있었다. 게임을 하는 팀에 붙어서 복식을 칠 수도 있고 서비스 연습하고 있는 테이블에 가서 함께 치자고 할 수도 있다. 그러나 신입생들은 빈 바구니를 들고 다니며 볼을 주워 담았다. 수업시간이 시작되고 끝나고 하는 차임벨 소리와 상관없이 볼을 주워 담다가, 점심을 먹고 또다시 체육관으로 갔다.

코치가 미리 와 있었다. 신입생들은 그 앞에 가서 똑바로 섰다. 그런데도 코치는 "차려!" 라고 말했고 신입생들은 '차려'를 했다. 이어서 "열중 쉬어" "차려"를 한 차례 더 반복한 다음, 열중쉬어 자세로 서서 정신 교육을 받았다.

"탁구의 기본은 배려와 겸손이다!"

이 말 끝에 코치가 "복창!" 이라고 말했다. 신입생들은 넋놓고 있었고, 코치가 피식 웃었다. 가운데 서 있던 임호가 갑자기 두 친구의 손을 잡았다. 세 사람은 호흡에 신경 써가며 큰 소리로 '복창'을 했다.

"탁구의 기본은 배려와 겸손이다!"

탁구에서는 상대를 배려할 일이 너무 많겠지만 그 중에서 기본 중의 기본은, '상대가 잘 칠 수 있도록 치는 것'이라고 코치가 말했다.

파트라고 부르는 2시간 정도의 단위로 운동을 했다. 오전에 1파트, 오후에 2파트, 그리고 저녁에 1파트. 중간 중간 간식을 먹고 계속 운동을 했다. 비는 시간 틈틈이 수업에 들어가면서 운동을 병행해야 했다.

다음날은 운동선수의 마음가짐에 대하여 지도를 받았다.

"훈련을 위한 게임이든 본 게임이든, 게임을 하면 반드시 승자와 패자가 나오게 된다. 늘 이기기만 하거나 늘 지기만 하는 사람은 없다. 게임에서 졌을 때, 상대방의 실력을 인정하고 그 게임을 통하여 한 수 배우려는 자세. 그리고 게임에서 진 자신을 일으켜 세울 줄 아는 용기, 그런 시간이 흐르고 흘러서 한 사람의 선수가 만들어지는 것이다. 탁구는 잘 질줄 알아야 잘 이기게 된다는 것을 받아들이기 바란다."

잘 질줄 알아야, 잘 이기게 된다.

이 말을 표어처럼 방에 붙여놓고 날마다 체육관에 갔지만 대부분의 시간을 볼 줍는 일에 썼고 눈치껏 빈 테이블에서 서브 연습을 하거나 자기들끼리 게임을 했다. 그러면서 선배들을 지도하는 코치의 말을 귀담아 들었다.

양팔은 참새가 날갯짓을 하는 폼으로!
둥근 공을 끌어 앉는 듯 한 자세로!
발뒤꿈치를 살짝살짝 들면서, 리듬을 타면서!
프리핸드는 계란을 잡듯이 해야 예쁘다!

4학년이 되었다.
정신 교육을 받았다.
"탁구는 혼자 하는 운동인 동시에 팀 스포츠이다. 첫째는 개인 연습과 훈련이 중요하고, 둘째는 게임 파트너가 될 만한 맞수를 찾아서 기량을 끌어올리고 단체전 게임을 위해 팀워크의 중요성을 깨닫기 바란다."

학교 주전선수를 선출하기로 했다.

주전선수는 5명을 뽑는다. 단체전(단식과 복식)을 치를 5명이 한 팀이기 때문이다.

리그전을 치렀다. 6학년이 1,2위, 오탁구, 임호, 강수가 차례로 3,4,5위 그리고 5학년들이 그 뒤를 이었다.

다음날은 토요일이라서 코치는 집에 가고, 6학년들도 없어서, 신입생들은 모처럼 긴장을 풀고 토요일 밤을 즐기고 있었다.

"5학년들 별 거 없던 걸?"

"맞아. 우리가 이제부터 주전 맞는 건가?"

"당근, 우리가 5위 안에 들었잖아."

"흐흐!"

"히히!"

신입생들이 신나게 떠들고 있을 때, 노크도 없이 방문이 열렸다.

리그전 때, 표 나게 실력이 형편없었던, 삐꾸라는 그 선배였다. 자기네 방으로 좀 가자고 했다. 신입생들은 싫다고, 우리는 우리끼리 논다고 했다. 그러자 환영식을 해 줄 테니 가자고 했고, 신입생들은 체육복을 벗어놓고 외출복으로 갈아입은 다음 양말까지 갈아 신고 5학년 방으로 갔다.

방 안에는 과자나 음료수 같은 건 보이지도 않았다.

이거 뭔가 잘못되었구나 하고 있는데, 삐꾸가 소리를 꽥, 질렀다.

"똑바로 서, 이 새끼들아!"

오탁구와 임호가 똑바로 섰고 강수는 칫, 비웃으며 고개를 비스듬히 돌렸다.

삐꾸가 강수를 때리려고 했다. 그러자 김범일(리그전에서 1위를 해서 신입생들은 그 선배의 이름을 외웠다.) 선배가 그 손을 막았다. 그리고 팔짱을 낀 채 인상을 쓰면서 턱짓을 했다. 삐꾸의 표정이 바뀌면서 또 소리를 꽥 질렀다.

"손바닥 대!"

신입생들은 셋이 붙어 서서 손바닥을 내밀었다. 삐꾸의 소리보다도 김범일의 그 턱짓이 두려웠기 때문이었다.

김범일이 매질을 했고, 나머지 5학년들은 그 대수를 세었다. 다섯 대씩 때리고(심하게 아프지는 않았다.) 나서 김범일이 지껄였다.

"어디서 겁대가리 없이 선배들을 제쳐."

임호가 침착하게 그러나 억울한 표정을 지우지 못한 채 따졌다.

"정정당당히 겨뤄……."

말을 더 듣지 않고 삐꾸가 주먹으로 임호의 가슴을 때렸다. 임호가 컥, 하고 가슴을 쥐고 뒷걸음질을 쳤다.

"억울……."

임호가 말을 다 끝맺기도 전에 이번에는 김범일이 임호의 따귀를 착, 착 갈겼다. 임호의 얼굴이 왼쪽, 오른쪽으로 돌아갔다. 그 순간, 오탁구와 강수의 눈이 허공에서 얽혔다.

강수가 모둠발을 뛰면서 김범일의 허리를 걷어찼다. 김범일이 나가 떨어지는 바람에 옆에 있던 삐꾸까지 깔아뭉개졌다. 강수가 김범일을 타고 앉아서 두 주먹으로 얼굴에 린치를 가했다. 김범일은 코피가 터졌고 입술에서도 피가 나왔다. 5학년들이 떼거리로 달려들어 강수를 넘어뜨리고 발로 밟고 걸어차고 난리도 아니었다. 임호와 오탁구는 5학년들이 강수를 때리지 못하게 뜯어말리다가 오히려 맞기만 했다. 세 명 모두 얼굴이 벌겋도록 얻어맞은 후에야 김범일 일당에게서 놓여났다.

방으로 돌아와 훌쩍거리면서도 아무도 집에 연락하지는 않았다.

월요일 아침, 방장의 보고를 받은 코치가 체육관으로 전원 집합시켰다.

"무조건 상명하복! 너희, 신입들은 합숙소생활에서 제일 첫 번째로 지켜야 할 규칙을 어긴 것이다. 경고 하는데, 선배 말에 거역하는 사람은 퇴출이다. 신입들, 내 말 이해했나!"

신입생들은 한 목소리로 "넵!"하고 대답했다.

벌칙으로 운동장 두 바퀴 오리걸음이 떨어졌다. 반 바퀴를 걷고 다리에 경련이 일어나서 임호가 옆으로 쓰러졌다. 가다 서다를 수없이 반복하면서 간신히 두 바퀴를 채우고 체육관으로 들어갔다.

체육관에는 5학년들이 볼박스를 하고 있었고 바닥에는 볼이 하얗게 쌓여 있었다. 신입생들을 골탕 먹이려고 일부러 볼을 주워 담지 않은 듯 했다. 바구니를 끼고 엉금엉금 기어 다니며 볼을 줍는데 종아리와 정강이가 터져 나가는 듯 한 통증이 왔다. 임호는 쪼그려 앉는 것 자체를 힘들어했다. 오탁구도 다리가 너무 아팠지만 임호 몫까지 부지런히 볼을 주웠다.

5학년들은 지속적으로 신입생들을 갈구어 댔다. 볼을 줍는 것은 당연한 거고 청소나 심부름은 물론이고 체력단련을 해야 한다며 벌칙에 가까운 훈련을 시켰다. 그 중에서 실력이 제일 밑바닥인 삐꾸가 가장 악랄하게 굴었다. 강수와 일대일로 맞장 뜬 적도 여러 번 있었고 거의 매번 강수 승, 으로 끝났다. 나이는 한 살 더 먹었지만 체력적으로나, 근성으로나 분명히 강수보다 한 수 아래였다. 그러나 김범일이 보는 앞에서 그는 죽기 살기로 덤볐다. 신입생들은 그의 목소리만 들어도 인상이 써졌으며. 빨랫줄에 걸린 그의 옷을 보고 침을 뱉었다.

5학년들도 김범일을 팀장으로 정하고 '5인방'이라는 팀을 결성했다. 이에 맞서기 위해서 신입생들도 '3총사'라는 팀을 조직했고 팀장은 강수가 맡기로 했다.

전국 규모의 탁구대회 공고가 떴다. 리그전 때 4,5,6 위를 한 3총사도 당연히 출전하는 것으로 알았는데, 이번 대회에는 5~6학년만 출전시킨다고 했다. 코치가 임의로 3총사를 강제 기권 시킨 것이나 마찬가지였다. 코치는 자기 식대로 선수들을 데리고 나가서 준우승 메달을 따왔다. 이 명백한 결과 앞에 그 어느 누구도 원칙에 어긋나는 운영방식을 따져 묻지 못했다.

전국소년체전 선발전 공고가 났다. 매우 중요한 대회였으므로 선수들은 물론이고 학부모들까지도 무척 신경을 썼다. 출전선수 명단 발표가 났다. 지난번에 꾸렸던 선수들 그대로 이번에도 나가는 것이었다. 3총사는 너무나 허탈했는데 더 웃기는 건, 코치는 3총사를, 주전선수들 연습파트너로 뛰도록 했다.

"주전들보다 우리 실력이 낫다는 증거잖아. 그런데 왜 우리는 빼놓지? 코치님 운영방식이 너무 불공정 해."

임호가 말했다.

"연습은 실전처럼, 실전은 연습처럼!"

주전들은 실력 좋은 3총사의 티켓을 빼앗았다는 미안함으로, 3총사는 티켓을 빼앗겼다는 억울함으로, 적을 대하듯 노려보며 게임을 했다. 매 게임이 메달을 향한 리그전처럼 치열했다. 체육관의 열기는 큰 대회장 못지않았다. 선수들마다 실력이 올라왔다.

그동안 파트너 역할에 충실했던 3총사는 주전들을 따라 대회장으로 갔다. 주먹을 쥐고 청솔을 연호하며 응원했고, 주전들이 우승 메달을 목에 걸 때 가슴이 뜨겁도록 기뻤다. 청솔 탁구부가 방송에 나오고, 교장선생님도 탁구부에 대하여 각별히 신경을 써주었다. 이어서 운영위원회로부터 특별 보너스도 있었다. 독일로 원정 경기를 가게 된 것이다. 경비 문제로 주전만 보내기로 했는데, 코치가 사정해서 3총사도 데리고 가 주었다. 코치 덕분에 생전 처음으로 비행기를 타보는 오탁구와 임호는 그동안 서운한 마음을 가진 것에 대하여 미안해졌다. 원정 경기를 뛰어보니까 자신감도 생기고 기분도 전환되고 선수 생활에 보람도 느껴졌고, 무엇보다도 구질이 다르고 실력이 좋은 선수들과 게임을 뛰어본다는 게 좋았다.

메이저급은 아니지만 3총사도 전국 대회에 나가 개인전 및 단체전에서 금, 은, 동 메달을 걸어보는 경험을 쌓으며 4학년을 마무리 했다.

6학년들이 중학교 입학이 결정 되어 체육관에 나오지 않게 되자, 5인방 선수들과 3총사는 벌써부터 주전 자리를 놓고 기 싸움을 벌였다. 원래 몸집이 좋은 강수는 탁구부에서 힘이 가장 세고 키도 제일 컸다. 5인방들은 집중적으로 강수를 갈구어서 잦은 마찰을 빚었고 종종 단체 기합을 받았지만 그때뿐이어서 코치는 화합을 목적으로 여행을 계획했다. 임화정 시인은 원래 농원에 매화가 만발 할 때, 첫눈이 올 때면 집에서 담근 매화주를 곁들여 문학의 밤을 열어왔었는데 이번에 청솔탁구부도 함께 하기로 한 것이었다.

감독과 코치 그리고 탁구부 전원이 임화정농원에 갔다. 고기반찬에다, 강에서 잡은 물고기와 산에서 채취한 버섯과 나물로 차린 음식상은 푸짐하고 맛있었다.

"어린 나이에 고생들이 많다. 이건 뭐 군대 보낸 거나 마찬가지니원! ……."

임화정 시인의 따뜻한 배려에 5인방과 3총사는 앞으로 잘해보자며 악수를 나누었다.

이튿날은 지역의 문인들과 함께 어울렸다. '노래하는 시인'의 반주와 함께 시낭송과 노래를 했고 손님 대표로 코치가 노래를 부르게 되었다. '젊은 그대'라는 노래를 부를 동안 삐꾸는 옵션처럼 옆에 붙어서 '눈알 굴리기' 묘기를 선보였다.

매일 햇볕 구경도 못하고 먼지 나는 탁구장에 갇혀 있던 탁구부원들은, 강가를 산책해보고 매화꽃도 실컷 구경하면서 사진을 찍었다. 매화꽃이 흩날리는 농원에서 편안하고 행복한 시간을 보내고 돌아왔다.

주전 선수 선발전을 치르게 되었다.

5인방은, 주먹 서브를 한다느니, 엣지라느니 하면서 초장부터 시비를 걸어서 체육관은 긴장감이 장난 아니었다. 3총사는 감정싸움에 휘말리지 말자고 서로를 응원하면서, 기량을 최대한 발휘하면서 경기를 풀어나갔다.

5인방의 어머니들도 와서 게임을 관전했다. 학교 운영위원회 임원인 이들은 남편들이 탁구 선수 출신이었기 때문에 탁구마니아였는데, 일방적으로 5인방을 응원해서 3총사로서는 이래저래 기가 죽었다. 게다가 공정성을 내세우며 준준 결승부터는 이들이 심판을 봤다. 3총사는 이 불공정한 조건 속에서 게임을 치러야만 했다.

그 결과 김범일, 오탁구, 강수, 임호, 나승태 순으로 주전이 결정되었다. 5인방 부모들은 찬바람을 일으키며 체육관을 나가버렸고 코치는 죄지은 사람 꼴로 그들을 따라 나갔다.

그날 밤, 5인방이 3총사를 체육관으로 불러내었다.

김범일은 한쪽 옆에 서 있었고, 나머지 넷은 탁구 성적 순서대로 일렬로 서 있었다.

3총사는 김범일 앞으로 갔다. 김범일이 나승태의 팔소매를 끌어다가 두 명씩 마주 보게 세웠다.

"열 대씩, 실시!"

그러자 5인방들은 자기 앞에 선 동료의 따귀를 때렸고 이번엔 맞은 사람이 때린 사람을 때렸다. 그들의 얼굴은 불에 덴 것처럼 벌겋게 달아올랐다.

잠시 후 그들은, 상대방의 얼굴을 바라보면서 자기가 방금 어떤 행동을 했는지를 확인하는 꼴로 서 있었다. 그들은 자기 뺨의 아픔과 친구에게 미안함을 합친 원망을 담아 신입생들을 노려보았다.

김범일이 턱짓으로 3총사를 가리키며 명령했다.

"깝대기를 벗겨 버려!"

신입생들은 물론, 5인방까지도 방금 그 말이 무슨 뜻인지 제대로 이해하지 못하고 있을 때 삐꾸가 나섰다.

"벗기라고 새끼들아, 너는 얘, 너는 얘."

강수가 오탁구의 옷을 벗겼고, 오탁구는 임호의 옷을 벗겼다. 차마 팬티까지는 아니고 그냥 운동복 바지만 벗겼다. 임호가 강수의 옷을 벗길 차례였다. 그런데 임호는 그 짓을 하지 못했다.

삐꾸가 비웃으며 놀렸다.

"이 븅신 새끼, 완전 얼어붙었네."

임호의 팬티가 젖어들면서 정강이를 타고 내린 오줌이 신발에 들어찼다.

그때까지 넋을 잃고 있던 오탁구가 겉옷을 추켜올렸다.

강수가 발목에 걸린 운동복을 발길로 걷어내더니 팬티 바람으로 삐꾸의 어깨를 움켜쥐고 김범일에게 밀어붙였다. 둘이 마주 붙어서 나가떨어졌다. 둘이 일어나서 강수를 쓰러뜨렸다. 김범일이 강수를 타고 앉아서 얼굴을 집중적으로 구타했다.

오인방들이 응원가를 부르듯이 신나게 지껄였다.

"조져, 완전 조져."

"코피를 터트려, 피 맛을 보여줘."

강수의 코에서 피가 나왔고 입술도 터졌다.

임호는 자리를 떴다.

오탁구는 어지러워서 비틀거리며 숙소로 돌아왔다. 열이 펄펄 끓고 나쁜 꿈에 시달리다 새벽에 눈을 떴다. 임호가 오탁구를 끌어안고 자고 있었다. 그런데 둘 다 팬티가 젖어 있었다. 오탁구는 임호를 깨웠다. 그때 강수도 따라 일어나서 상황을 알게 되었다.

오탁구가 젖은 요와 이불을 둘둘 마는 걸 보고 강수가 말했다,

"내가 빨게 너희는 씻어."

오탁구와 임호는 강수가 시키는 대로 했다.

세탁기가 다 돌아가고 강수가 그것을 담아 옥상으로 올라갈 때 오탁구와 임호도 따라 올라갔다. 날씨는 더없이 쾌청했고 연립주택 울타리에서는 새들이 지저귀고 있었다.

세 사람은 난간에 기대어 아래를 내려다보았다.

옆 동 연립주택에서는 허리 굽은 할머니가 마당을 쓸고 있었다.

쓰윽 쓰윽…….

절에 살 때 새벽마다 마당을 쓸던 코치의 모습이 할머니 모습 위로 겹쳐졌다. 오탁구는 기분이 가라앉았다. 몸에 열이 올랐다.

임호가 나른하고 축축한 목소리로 말했다.

"여기서 뛰어내리면 어떻게 될까?"

오탁구는 흠칫 놀라서 임호를 바라봤다. 자신이 방금 그런 생각을 했는데, 임호가 대신 말해준 것 같은 착각이 들었다. 오탁구는 현기증이 일어서 난간을 짚었다.

강수가 신경질적으로 말했다.

"궁금하면 뛰어내리시든가."

오탁구는 기분이 더욱 사나워져서 빨래가 담겼던 바구니를 들고 먼저 내려왔고 두 친구도 따라 내려왔다.

오탁구와 임호는 둘 다 몸에 열이 펄펄 끓었다. 방장에게 상비약을 타다 먹었지만 열은 점점 더 심하게 났다. 병원에 가야하나 어쩌나 하

고 있는데, 5인방이 단체로 병문안을 왔다.

삐꾸가 "선물"이라고 말하며 안티프라민 세 통을 방바닥에 놓았다.

"두고두고 바르셔. 유통기한은 아직 멀었으니까."

삐꾸가 이렇게 말했고 5인방이 킬킬 거렸다.

"부모님에게 꼰질르면 재미없다."

이번엔 나승태였다. 그들은 그 말을 하러 온 것 같았다.

오탁구가 안티프라민 통을 열자, 강수가 무표정한 얼굴로 웃통을 벗었다. 등판이 온통 가지 빛이었다.

누워 있던 임호가 성깔을 돋우며 일어났다.

"난 운동 안 해. 집에 갈 거야."

강수가 그 말을 받았다.

"나도."

임호가 더는 못 참겠다는 듯이 옷을 입고 나갔다. 분위기로 봐서 집에 전화 하러 나간다는 것을 알 수가 있었다.

잠시 후 임호가 돌아오더니 이불을 뒤집어썼다. 어머니가 암이라고. 그래서 항암치료를 받느라 임호를 돌볼 상황이 아니니까 조금만 더 합숙소 생활을 해야 한다고 하면서 울었다. 이불로 입을 틀어막고 어깨를 떨며 섧게 우는 임호를 보며 오탁구와 강수도 따라 울었다. 오탁구는 임호도 안 됐지만 자기 자신도 안 됐다는 생각이 들어서 자꾸 눈물이 나왔다. 한참 울고 난 후, 임호가 당분간은 집에 가지 않는다는 사실에 오탁구는 약간의 위로를 받았다. 강수도 마음을 추스르며 제안했다.

"우리 뭐 시켜다 먹을까?"

임호가 망설이다가 말했다.

"케익 사줄 수 있어?"

"당근. 근데 웬 케익?"

"내 생일. 집에서는 음력으로 해줬는데, 나는 양력이 좋거든."

"나가자, 내가 쏠게."

강수가 말했다.

피자를 먹었고 피시방에 들러 오락도 했다. 케익을 사들고 셋이 어깨를 걸고 노래를 부르며 숙소로 돌아왔다.

"우리 진실게임 할까?"

강수가 제안했고 임호가 받아서 말했다.

"다 아는 사이에 무슨 진실 게임. 하고 싶은 말이 뭐냐?"

그러자 강수가 제 속사정을 털어놓았다.

강수의 친어머니는 유명한 탤런트인데, 강수가 아주 어렸을 때 부모님이 이혼했다. 두 분 다 곧바로 재혼했다. 아버지는 호주에 있을 때가 더 많아서 강수는 주로 새 어머니와 함께 살았다. 구기 종목을 다 좋아한다고 했지만 가장 잘 할 수 있는 것은 싸움질이다. 솔직히 얘기하자면 호주 학교에서도 싸움질을 하다가 전학을 요구 받아서 자퇴를 하고 한국으로 돌아왔다. 그때 집에서 탁구장을 지어줬고 일 년 동안 코치에게 개인 레슨을 받았다. 생활탁구 인들과 게임도 하고 차라리 그때가 재미있었다. 코치가 청솔로 오게 되었고 강수는 다른 초등학교에 편입했다. 그 학교에서도 말썽을 일으켰다. 집에서 차라리 탁구나 제대로 해보라고 해서 청솔로 오게 되었다고 했다. 성질대로 하면 5인방을 다 뭉개줄 수가 있는데, 코치 때문에 참고 있는 중이라고 했다. 언제까지 참고 봐줄 수 있을지, 자기도 자기 마음을 잘 모르겠다고 했다.

5인방이 사사건건 시비를 걸고 괴롭혔지만 3총사는 주전 자리를 지키며 전국소년체전에 나가서 우승을 했다.

청솔초 5학년이 일냈다고, 오탁구 임호 강수 '3총사'는 청솔초가 우승하는데 견인역할을 톡톡히 해냈다고 대서특필 되었다. 특별히 오탁구가 미래의 기대주로 주목을 받게 되었다고도 했다. 오탁구는 중학교까지 장학금을 받게 되었다. 가정형편이 어려운 점이 고려된 사항이지만 그런 내용이 신문에 실리지는 않았다. 학교에서는 특별히 포상금까지 주었다. 무엇보다도 청구중에 특기생으로 입학할 수 있는 길을 한발 더 앞당겨 놓은 것이 든든했다.

3총사는 이제 체육관에서도 주눅 들지 않고 훈련을 할 수 있게 되었다.

"더욱 열심히 해서 상이란 상은 모두 싹쓸이 하자."

코치의 말에 3총사가 박수를 쳤다. 얼마 만에 거둔 자유인가, 하면서 행복해 하고 있는데, 낯선 사람이 체육관으로 찾아왔다. 다짜고짜코치 따귀를 때리고 발로 걸어찼다.

"좆만 한 새끼가 기껏 키워놨더니, 배신을 때려?"

교무실에 가서 감독 선생님을 불러오겠다며 임호가 뛰어 나가는데삐꾸가 발을 걸어 넘어뜨렸다. 평소에 누구보다도 코치를 신처럼 떠받들던 삐꾸였으므로 임호는 너무나 어이없어 했다.

그 낯선 사람이 몽둥이로 코치를 두들겨 팼다. 혼자였고 덩치가 별

로 크지도 않았으며 코치보다 나이도 더 많아보였다. 그렇지만 코치
는 아무런 저항도 하지 않고, 때리는 대로 맞아줬다.

"오늘은 여기까지 하고 간다만, 모가지 잘라버릴 수도 있으니 알아
서 처신해라."

그날 이후부터 코치가 체육관에 나오지 않았다. 그날의 사건이 불
거지면서 여러 가지 사실들이 밝혀졌다.

코치를 때린 그 사람은 김범일 아버지, 김형기이다.

김형기는 국가대표 출신으로 현재 청구고의 탁구 감독으로 재직 중에
있다고 했다. 또한 후배들에게 감독이나 코치 자리를 마련해 주는 등
탁구계에서 막강한 영향력을 행사하고 있다. 그는 아들이 입학할 때도,
지인들의 자녀 4명을 모아서 팀을 구성한 다음 자기 후배인 진길수 코
치까지 묶어서 청솔초에 들여보냈다. 그러니까 김범일 5인방은 따지고
보면, 그 부모들부터 5인방이었던 셈이다.

그 5인방 부모들은 운영위원회의 임원으로 탁구부에 막대한 실력행
사를 하고 있으며, 학교에서 나가는 급여 외에 별도로 코치에게도 봉
투를 주며 관리해오고 있었다는 게 이번에 밝혀졌다. 별도의 봉투를
주는 대신, 김범일 팀이 6학년이 되면, 전국대회에 5명 전원을 주전
으로 출전시켜서 4강 안에 드는 성적을 내라는 것이 계약조건이었다.

그런데 코치가 그걸 어겼기 때문에 김범일 아버지가 와서 때렸다는
것이다.

이 사건을 놓고 코치에 대해 두 가지 말이 돌았다.

코치도 과거에 아주 우수한 성적을 냈는데, 바로 이런 불합리한 일로

태극마크를 달지 못한 한이 남아있다. 그래서 자기 제자들은 정정당당히 겨루게 해서 실력 순으로 주전을 뽑아 전국대회에 나가게 했다.

또 하나는, 삐꾸(주전에 들지 못하는 나머지 선수)들을 데리고 나가면 잘해야 준우승이고 재수 없으면 4강 진입도 어려울 수 있어, 나름 최선을 다한 것이다. 자기 이름을 날려서 더 나은 데로 옮기려는 목적도 있었을 것이다. 코치는 두 마리 토끼를 잡으려다가, 김형기에게 발목을 잡힌 것이다.

코치가 공석이기 때문에 탁구부 운영위원회가 열리기로 되어 있었다.

그런데 그 이전에 탁구부 운영위원회장인 나승태 어머니가 따로 강수 어머니와 임화정 시인을 만나고 싶다고 강수와 임호에게 말했다. 그 후, 강수 어머니가 학교로 찾아와서 3총사와 만났다.

소년체전에 나가 우승을 하다니, 참 훌륭하다. 고맙고 대견하다, 라고 하면서 3총사를 한 사람 한사람 안아주었다.

그러고 나서 참 속상하다고, 어떻게 하는 것이 현명한 방법인지, 자신도 잘 모르겠다고, 그렇지만 지금까지 잘 지도해 주셨는데 코치님의 입장에서 생각해보지 않을 수가 없다고 했다.

"운동을 하다보면 피치 못하게 눈감고 넘어가 줘야 할 때가 있는 것 같아. 한국 사회의 잘못된 관행이고 고쳐야 할 병폐인데, 기득권자들은 그것을 전통이라고 착각하고 있는 것 같아. 지금은 너희들이 아무리 호소해보았자 소용없어. 그러니 코치가 다시 복귀하도록 일보 양보해주었으면 한다. 부탁한다."

쉽게 말해서 5인방이 전국대회에 나가 메달을 따는 데 협력하라는 소리였다.

"너희들이 세운 기록은 영원불변이야. 이미 확실하게 정점을 찍었으니까."

강수의 어머니의 말에 3총사는 마음을 돌렸다.

3총사가 그렇게 하겠다고 했고, 강수 어머니가 공식적으로 그 뜻을 학교에 전했고, 그리고 코치가 다시 학교로 돌아왔다. 이때부터 코치에게는 '캡틴'이라는 별명이 붙었다.

탁구부의 환경이 눈에 띄게 달라졌다. 5인방과 3총사는 자주 청구중은 물론 청구고로 원정 가서 훈련을 받았고 어떨 때는 청구고에서 선수들이 청솔초로 와서 뛰어주기도 했다. 전국 대회에 나갈 때는 5인방에다가 3총사 중 한 명을 번갈아가며 섞어서 데리고 갔다. 5인방과 3총사 모두 실력이 향상되었다. 그렇지만 아무리 해도 삐꾸의 실력은 올라오지 않았다.

그러다가 또 희한한 일이 벌어졌다.

전국 규모의 대회가 있는데, 이번에는 주전은 물론이고 좀 잘 치는 선수는 빼고 나머지들만 참가하는 대회가 치러진 것이었다. 일명 '삐꾸 구제하기'대회 였다. 청솔의 삐꾸와 그와 엇비슷한 선수들이 나가서 동메달을 따왔다. 삐꾸가 메이저 대회에서 복식으로 뛰어 어부지리로 딴 메달로 금, 은, 동 구색을 갖춰놓았다. 이 불편한 진실을 알고 있는 3총사는 5인방과 한 팀이라는 사실이 전혀 자랑스럽지 않았다.

'전국초등학교 우수선수초청 오성 탁구대회' 공고가 났다. 이 대회는 한국탁구의 미래를 짊어질 우수선수를 조기에 발굴하여 육성하고 지원할 목적으로, 한국초등학교 탁구연맹에서 추천한 선수들을 초청

해서 풀 리그 전으로 경기를 치른다.

지난해에 김범일과 나승태가 이 대회에 출전하여 좋은 성적을 냈기 때문에 올해 그들은 나가지 않고 3총사만 나가기로 했다. 김범일 나승태는 3총사에게 훈련파트너가 되어주었다.

김범일과 나승태는 대회장까지 따라와서 응원을 해주었다. 등판에 청솔초등학교 라고 새긴 체육복을 입은 것만으로 타 학교 선수들의 시선을 한 몸에 받았다.

'오늘의 우승은 나의 것'

게임에 들어가기 직전, 김범일의 하이파이브를 받으며 오탁구는 우승을 예감했다. 나승태의 하이파이브를 받는 임호의 얼굴에도 승리의 미소가 번지는 걸 오탁구는 보았다.

게임은 쉽게 풀려서 예감대로 오탁구, 임호, 강수가 5학년 1, 2, 3위를 했다. 청솔초에서 메달을 싹쓸이 했다고 신문에 크게 보도 되었다.

장학 증서를 받는 날은 임화정 시인도 와서 사진을 찍어주어서 축제의 분위기에 휩싸였을 때, 임호가 할 말이 있다고 했다.

"강수가 나 장학금 타게 해주려고 봐줬어요, 난 다 알아."

"아니거든!"

"우리가 4학년 때부터 이 대회 나갔더라면 강수도 탈 수 있었는데. 암튼 고마워, 강수야."

"됐거든!"

임호의 말이 맞다. 결승전에서 둘이 붙었을 때, "밀어줄게"라고 강수가 말했고, 마지막 게임에서 일부러 범실을 하는 것을 오탁구는 눈치 챘다. 오탁구는 두 친구가 너무 멋있게 보여서 한마디 하지 않을 수가 없었다.

"난 혼자였으면 여기까지 못 왔어. 고마워. 그리고 장학금에 보답하는 길이 뭘까 고민해 볼 거야."

"탁구를 잘 쳐서…… 메달을 따고…… 아, 좋은 생각이 있다. 우리도 유승민 선수처럼 올림픽에 나가서 금메달 따고 장학금을 주자. 탁구강수임호장학금, 좋지?"

"이름이 너무 길어. 끝 자면 따보자, 구강호, 강호구, 구호강……."

"에이 그건 아니고, 성만 따. 오강임, 강임오, 임강오. 이것도 아닌가?"

6학년이 되었다.

이제 3총사는 청솔초의 주전으로서, 메달을 따는데 주력하며, 후배 선수들에게도 신경 쓰기로 했다. 후배들 중에, 청솔초 탁구부를 견인할 만 한 인물을 뽑아서, 3총사가 돌아가면서 일대일로 레슨도 해주고 원정 경기 갈 때도 달고 다니며 집중 훈련을 시켰다. 재미있고 보람찬 6학년을 보내게 될 줄 알았는데, 학년 초부터 어려운 일이 발생했다. 병중에 있던 임호 어머니가 돌아가셨다. 3총사 모두 충격이 컸다. 학교에서도 탁구부에 대한 염려가 컸으며 코치의 인솔 하에 탁구부 전원이 문상을 갔다. 외동인 임호를 혼자 있게 할 수가 없어서 오탁구와 강수도 그 옆에서 함께 문상객을 맞았다. 임호가 절을 하면 함께 하고 울면 함께 울었다. 3총사는 늘 함께 생활해왔으므로 뭐가 뭔지는 잘 모르지만 힘들어 하는 임호를 남겨 두고 올라올 수가 없었다. 삼우제 날엔 농원에, 그해의 첫 매실 꽃이 꽃망울을 터트렸다.

오탁구는 어떻게든 임호에게 힘이 되어주고 싶었다.

"우리 엄마는 나를 다섯 살 때 절에다 버렸어."

임호는 너무나 놀라 입을 벌렸고, 강수는 주먹을 쥐고 화가 난 듯이 "헐!" 했다.

"그 후 아빠마저도 나를 떠나버렸어. 주방보살님이 나를 키워주셨어."

오탁구는 물론 모인 사람들이 모두 깊은 한숨을 쉬었다.

"이젠 두렵지 않아. 너희 둘만 있으면 돼."

진심이었다. 그땐 너무 어렸고 옆에 아무도 없었지만 이제는 함께 할 친구가 둘이나 있으니까 말이다.

강수가 임호의 허리를 팔로 감아 오탁구 옆으로 데리고 왔다. 셋은 동그랗게 어깨를 걸어 감싸 안았다. 그리고 서로의 어깨를 토닥여 주었다. 임화정 시인이 그 광경을 바라보며 섧게 울었다.

그날 밤, 임화정 시인은 3총사가 모인 자리에서 임호에게 물었다. 탁구를 접고 아빠와 함께 사는 건 어떤지 생각해보자고.

임호가 대답했다. 3총사에서 떨어지기 싫다고, 그리고 청솔초 에이스로서 책임을 다해야 한다고.

그뒤, 임호는 방백을 하듯 혼자 지껄이는 일이 잦았다.

"엄마가 그렇게 빨리 돌아가실 줄 알았으면 내가 옆에서 지켜드렸어야 했어. 엄마가 얼마나 나를 보고 싶어 했겠어. 그 생각만 하면 미치겠어, 정말!"

"탁구 때문에 잃은 게 너무 많아. 아무래도 그만 두어야 할까봐……."

"엄마 없는 세상에서 계속 살 이유가 있을까?"

그 무렵 강수도 자꾸 싸움질을 했고 그 원망이 탁구부 전원에게까지 영향을 미쳤다.

그런 상황에서, 생전 나타나지도 않던 아빠에게서 편지가 왔다. 중학교 갈 때는 자기랑 상의를 해야 한다느니 해가며 오탁구의 속을 긁어 놓았다. 코치에게 상담을 했더니 자기도 정확한 건 잘 모르겠는데 장학금 문제 때문에 그럴지도 모른다고 했다.

5월이 되었고 전국소년체전 날짜가 나왔다.

코치와 강수 아버지의 주선으로 청솔 주전들은 호주 시드니로 전지훈련을 떠났다. 호주에 체류 하면서 호주 카뎃 대표팀 후보와도 친선게임을 치렀다. 강수의 부모님 집에서 묵으면서 시간 나는 대로 여행도 했다. 학교에서도 주전들을 배려해서 체류기간을 최대한 늘려 주었다.

이 여행을 계기로 3총사는 마음을 추스르고 탁구에 온전히 신경을 썼고 성적도 점점 끌어 올렸다.

전국소년체전을 앞두고 코치와 함께 교장선생님 그리고 탁구부를 지원해 주는 지역의 인사들께 인사를 다녔다. 성금과 운동복 등을 협찬 받았다.

3총사를 핵심 주전으로 견인한 청솔초는 전국소년체전에서 우승을 하여, 2연패를 달성했다. 오탁구와 임호는 2관왕의 영예를 안았고 임호는 최우수 선수상 수상까지 했다.

3총사의 실력이 점점 올라와서 2학기 때부터는 전국대회마다 메달권 안에 진입했다. 9월에 5일 동안 치러진 주니어 & 카뎃 오픈대회에, 오탁구, 임호, 강수가 카뎃 남자 단체전에 출전하여 준우승을 차지하는 쾌거를 이뤄냈다. 이로써 청구중은 물론 다른 탁구 명문 중에서도 러브콜이 이어졌다.

입학을 준비하는 시기가 돌아왔다.

수상경력이 있으므로 세 사람은 원하는 중학교는 어디든 특기생으로 갈 수가 있었다.

에이급인 청구중에 가게 될 경우, 계속 좋은 성적을 내기만 한다면 청구고는 자동입학 하게 될 테고 미래의 진로가 환하게 밝혀지는 것이다. 그러나 성적이 저조 할 경우 주전으로 뛰지 못해서 아예 묻혀버릴 위험도 배제 할 수가 없다.

청구중보다 한 급 아래의 학교로 갈 경우, 주전으로 뛸 수가 있고 전국대회에 참가할 기회가 많아지고 거기서 잘 만 뛰면 실업팀 감독들 눈에 들어 장학금을 받을 수도 있다.

이렇게 고민하고 있을 때, 희소식이 들려왔다. 청구중에서 캡틴을 코치로 영입한다는 것이었다. 고민하고 말 것도 없이 3총사는 청구중으로 결정했다.

좋은 일이 연달아 일어났다.

강수 아버지가, 전국소년체전우승 기념 겸, 초등졸업 선물 겸, 청구중 입학선물로 캡틴과 3총사에게 라켓을 사주었다. 선수들에게 인기가 좋은, 최고급 브랜드의 라켓이었으며, 제조사에 웃돈까지 얹어주고 네 명의 이니셜까지 넣어 특수 제작했다.

라켓이 배달되어 온 날, 캡틴과 3총사는 영원한 우정과 의리를 맹세하며 축하 파티를 벌였다.

'호랑이를 잡으려면 호랑이 굴에 들어가야 한다.'

청구중은 이 말이 실감나는 현장이었다. 이미 5인방이 진을 치고 있는 마당에, 초등 때 전국대회에서의 메달리스트들이 들어왔다. 이들은 전국중고연맹 탁구부에서도 이름을 알고 있는, 실력이 쟁쟁한 선수들이었다. 학년별 대회에서 금은동 메달을 골고루 따왔고 단식 복식 단체전에서도 싹쓸이를 하는 등 캡틴이 이끄는 청구 호는 막강 파워의 실력을 과시 하면서 승승장구 했다. 각 메이저 대회에서 상이란 상을 다 쓸어오니까 재단에서도 힘을 실어 주어서 캡틴은 자기 마음대로 선수관리를 해가며 대회에 출전 시켰고 좋은 성적을 거두었다. 그 결과 5인방은 전원 모두 청구고로 스카우트되었다.

3총사는 3학년이 되었다.

다른 학교 출신과 라인업을 갖춘 3총사는 전해에 거둔 성적 그대로 메달을 땄다. 따라서 청구중은 메이저 대회에서 개인 단체전 2관왕을 당연한 듯이 이뤄내고 있다는 기사가 실렸다. 실업팀에서 계약이 들어왔다. 스카우트 계약금의 단위가 점점 높아졌다.

초등학교 때 계약이 되어 중학교 때까지 장학금을 받고 있던 오탁구는 중학교 때도 전국 대회에서 메달을 땄기 때문에 장학금이 더 늘어났다.

임호와 강수도 실업팀에 계약이 되어 장학금을 받게 되었으며 아무 문제없이 청구고에 입학했다.

청구라는 이름의 같은 재단으로 체육관도 같은데 분위기는 아주 많이 달랐다. 우선 오랜 세월 3총사에게 보호자보다 더 보호자 같던 캡틴의 슬하에서 벗어난 것이 가장 허전했다. 마치 울타리가 허물어진 것 같았다.

그렇지만 중학교 때 보다는 재정적인 지원이 더 좋아져서 독일로 전지훈련도 갔다 왔고 중국으로 한 달 간 원정 경기도 갔다 왔다. 중국 선수들 볼을 받아보면 확실히 뭔가 있었다. 또한 중국 땅에서 느낀 그 분위기는 특별했다. 주니어 대표 팀과 게임을 할 때는 마롱 장지커 쉬신 판젠동의 저력을 느낄 수가 있었다. 차세대 주자들이 2진 3진 대기하고 있다는 게 느껴졌다.

메이저급의 대회 공고가 나면서 체육관에는 팽팽하게 긴장감이 돌았다. 이런 대회에서 메달 권 안에 들면 대학과 실업으로 나갈 수가 있기 때문에 선발전을 두고 5인방 부모들이 입김을 불어넣었다. 고교 코치는 김형기 감독이 수족처럼 부리는 사람이라서 5인방을 감싸고 도는 게 표 나게 느껴졌다. 5인방들은 대놓고 세를 부렸다. 걸핏하면 단체기합을 주고 갈구어댔고 강수는 당하고만 있지 않겠다고 별렀다.

그러다가 다른 학교로 1,2학년만 전지훈련을 갔다.

밤에 감독과 코치가 술을 마시러 나간 틈에 삐꾸와 강수가 시비가 붙었다. 삐꾸가 밀리자 5인방이 떼거리로 덤볐다. 강수가 소리 질렀다.

"계급장 떼고 한 놈씩 덤벼, 이 새끼들아!"

그러자 김범일이 앞으로 나왔다. 강수가 김범일에게 다가가자 삐꾸가 그 앞을 가로막고 나섰다. 강수가 무릎으로 삐꾸의 턱을 가격했다. 삐꾸의 입에서 피와 함께 이빨이 두 개가 빠졌다. 누군가 신고를 했고 감독과 코치가 달려왔고 앰뷸런스가 오고 경찰이 오고 난리도 아니었다. 감독과 코치가 빌고 빌어서 기사화 되는 건 막았다. 게임도 못 뛰고 그냥 돌아왔다. 삐꾸네 집에서 강수를 고발 한다고 해서 호주에서 부모님이 왔다. 큰돈을 주고 형사 고발은 취하 했지만 강수는 전학을 요구 받았다.

3총사가 깨지는 판국이어서 오탁구와 임호도 심한 혼란을 겪었다. 세 명 모두 다른 탁구부로 전학을 가기로 했지만 김형기 감독이 이적서를 떼어주지 않아서 발이 묶였다.

결국 강수만 전학 가고 오탁구와 임호는 청구에 남게 되었다. 감독은 그들을 없는 사람 취급했다. 두 사람은 대회에 출전을 하지 않고 있는 듯 없는 듯 그냥 훈련만 했다. 탁구부에서 왕따 아닌 왕따를 당했지만 오탁구와 임호는 이를 갈며 훈련을 했다. 3학년들이 기회 있을 때마다 게임을 붙여줘서 그래도 힘이 났다. 감독의 눈을 피해서 캡틴이 레슨을 해줬고 실업팀에 데리고 가서 게임을 붙여주기도 했다. 그리고 동영상을 보면서 중국 선수들의 기술을 연구하며 자기만의 주특기도 갈고 닦았다.

연말이 가까워올 무렵, '전국남녀탁구종합선수권대회' 공고가 났다.

이 대회는 한국탁구를 대표하는 스타들이 총 출동하는 최고의 권위가 있는 대회이다.

오탁구와 임호도 나가려고 했지만 학교에서 허락해주지 않았다. 이미 대회에 나갈 선수가 정해졌으니 다음 해에 나가라는 것이었다. 나가면 승산이 어느 정도나 되는지, 상의 할 겸 캡틴을 찾아갔다.

"경기는 많은 변수가 따르니까 예단은 어렵다. 예선부터 결승까지, 매 경기마다 누구랑 붙느냐에 따라서 성패가 갈리기도 하고. 큰 대회에 나가서 실력 있는 선수들의 볼을 직접 받아보아야 기술도 늘고, 배짱도 키우긴 하지 그렇긴 하다만……."

캡틴은 좀 더 생각을 해보고 나서 다시 말했다.

"나가면 좋지. 내년을 겨냥한대도 올해 한번 나가두는 게 큰 도움이 되지."

캡틴의 조언을 들은 오탁구와 임호는 김형기 감독을 찾아갔다.

김 감독은 체육관에서, 코치가 주전들을 데리고 훈련하는 모습을 감독하고 있는 중이었는데 두 사람에게 눈길도 주지 않았다.

그 앞으로 다가가서 나란히 서서 열중쉬어 자세를 취한 다음 임호가 정중히 말했다.

"이번 대회에 나가게 해주세요."

"말로 할 때 들어 처먹어라, 매 벌지 말고."

김형기 감독이 성깔을 부리며 임호의 배를 야구 배트로 밀었다. 임호가 기우뚱 하다가 자리를 잡고 따졌다.

"김범일 선배는 되고, 왜 우리는 안 되는 데요?"

김 감독이 급소를 맞은 듯 벙쪘다. 오탁구도 나서려고 하는데 임호가 또 입을 떼었다.

"김범일 선배는 초등부터 지금까지 한 번도 우릴 이긴 적이 없……."

김 감독이 야구방망이를 들어올렸다. 임호를 가격하려는 순간, 오탁구가 얼결에 왼팔을 접어 올려서 막았다. 딱, 소리가 났다. 오탁구는 왼팔을 들어 보려 했다. 그렇지만 어깨만 귀밑까지 올라올 뿐 팔은 들어 올려 지지 않은 채 손끝이 땅을 보고 축 쳐졌다. 오탁구가 오른손으로 왼손을 받쳐서 무릎 위에 올려놓고 만져 보았다. 손목과 엘보 사이가 부러진 것 같았다. 팔로부터 통증이 올라오면서 진땀이 났다.

"탁구, 탁구……!"

오탁구는 너무도 절망스러워서 현기증이 일었다.

임호가 오탁구의 바지를 잡고 주저앉으며 어헉! 하고 무너졌다.

"왼, 왼팔을, 어떻게……!"

오탁구에게 있어서 왼팔은 보통사람의 눈과 같은 곳이다. 몸이 천 냥이면 왼 팔은 구백 냥이다. 오탁구는 무릎을 꿇고 소리 질렀다.

"아, 씨발……!"

"신고할 거야. 경찰에 신고하겠어."

임호가 중얼거리며 휴대폰을 꺼냈다.

순간, 나승태가 임호 손에 들려있던 휴대폰을 낚아챘다.

그때 수업 종이 울렸다. 점심시간이 되었고 선생들과 학생들은 급식실로 대 이동을 하고 있었다. 마음만 먹으면 얼마든지 이 사실을 학교에 폭로할 수가 있는 타임이었다.

임호가 주먹을 쥐고 김 감독 앞으로 가서 소리쳤다.

"119 먼저 불러주세요. 탁구가 다쳤잖아요, 지금!"

"알았다."

김 감독이 말했다.

"단, 구급대가 왔을 때, 사건 경위에 대해 잘 말해야 한다."

지금까지 구경만 하고 있던 코치가 나섰다.

김 감독이 고개를 끄덕이며 코치의 말을 명심하라는 듯이, 오탁구와 임호를 번갈아 쳐다보았다.

이어서 코치가 엄중하게 말했다.

"자, 오탁구는 실수로 팔이 부러진 거다, 이게 이 사건의 중요한 팩트라는 거다."

"아니거든요. 감독님이 먼저 저를 밀었고, 2차로 또 저를 때리려고 야구배트를 휘둘렀을 때, 탁구가 팔을 들어 올려서 막으면서 맞았어요. 감독님이 저와 오탁구를 때렸다, 이게 정확한 팩트 거든요."

찰싹, 찰싹 퍽!

김 감독이 임호의 양쪽 뺨을 때리고 발로 배를 걷어찼다. 임호는 뒷걸음질을 치며 엉덩이를 벽에 부딪치고 나동그라졌다.

"싸가지 없는 새끼, 너 탁구 그만두고 싶어!"

"아, 진짜……."

임호가 주먹을 쥐고 막 대들었다.

구급차가 요란하게 사이렌 소리를 내며 교문에 들어섰다.

김 감독이 오탁구를 부축하면서 구급차에 올랐다. 임호도 오르려고 하자 코치가 잡아 당겼다.

오탁구는 임호에게 그냥 있으라는 사인을 보냈고 구급차의 문은 닫혔다.

엑스레이를 찍었다. 팔이 부러졌다고 했다. 부기가 빠지고 나면 상태를 보아가며 적절한 치료를 해야 했다. 언제부터 탁구를 칠 수 있는지 물었고, 그건 개인에 따라서 다르기 때문에 지금으로서는 정확하게 날짜를 말해줄 수가 없다. 철심을 박고 깁스를 하고 깁스를 풀고 그리고 나서도 재활 치료를 해야 하며 아무리 적게 잡아도 육 개월 안에는 라켓을 잡을 수가 없다고 했다.

오탁구는 너무나 놀라서 지금 벌어진 상황이 꿈이겠지 했다.

"정말 미안하게 됐다."

김 감독이 진정성 있는 자세로 사과했다.

"옆에서 도와줄 사람도 없고 하니, 당분간 병원에서 쉬는 게 좋겠다. 뼈는 금방 붙을 거야. 그동안 많이 봐왔는데, 치료하고 나면 더 튼튼하고 더 잘 뛰어. 그러니 걱정 마라. ……암튼 정말 미안하다. 대신, 임호는 이번 대회에 출전시켜주겠다."

임호라도 대회에 나가게 해준다니, 오탁구는 아주 조금 기분전환이 되긴 했다. 그렇지만 팔이 너무 아프고 앞일도 걱정이 되었다. 김 감독과 같은 공간에서 있는 것도 짜증났다.

"부모님께 연락해야 되지 않겠니?"

그 소리를 듣자 오탁구는 갑자기 뜨거운 눈물이 솟았다. 이쪽에서 연락을 해본 적이 한 번도 없다는 사실이 서러웠다. 김 감독이 어깨를 두드리며 한숨을 쉬더니 보호자 의자에 앉아 무릎 사이에 고개를 묻고 울었다.

오탁구는 이 상황이 불편했다. 울고 있지만 김형기 감독은 실력이 한 수 아래인 자기 아들과 그의 친구들을 책임지고 키워서 기필코 동경 올림픽에 내보내고 말겠다는 포부가 있다. 그 목적을 위해서 취한, 비신사적이고 비양심적인 행동이 부끄러워서 우는 것이라는 생각이 들었다. 그런 그와 함께 있고 싶지 않아서 오탁구는 말했다.

"진길수 코치 선생님을 불러주세요."

"알았다."

오탁구는 2인실에 입원했다.

상처 부위가 시큰거렸고 시간이 갈수록 팔이 퉁퉁 부어올랐다.

밤이 되자 5인방이 무슨 축하파티라도 벌일 듯이 꽃다발과 과일바구니를 들고 찾아와서 인증샷을 찍고 장난을 쳤다. 그러거나 말거나 오탁구는 벽 쪽을 보고 돌아누워서 눈을 감았다.

늦은 시간에 임호가 따로 조용히 찾아왔다.

"미안해. 나 때문에······."

임호가 팔꿈치로 눈을 가리고 울었다.

오탁구는 자기가 팔로 야구 방망이를 막던 순간이 떠올랐고, 그 방법밖에 없었나 하는 생각이 들었다. 왜 그랬지, 내가? 짜증이 났다.

"내가 원수 갚아줄게. 이번 대회에 나가서 일단 김범일과 나승태 예탈(예선 탈락) 시키고 좋은 성적 내서 인터뷰 할 거야. 그때 폭로 할 거야, 자!"

임호가 주먹을 내밀었고 오탁구도 주먹을 댔지만 오히려 기분이 더 가라앉았다. 다시는 라켓을 잡지 못할지도 모른 다는 두려움에 자꾸 마음이 오그라들었다.

"알아봤는데, 팔 부러지면 더 단단해진대. 여기서 아예 눌러 앉아. 그리고 이번 기회에 동영상 보면서 중국 애들 집중 탐구 해. 이론적으로 완전 뽀개 버려."

오탁구는 그 말이 남의 일처럼 들렸다.

2인실이지만 옆 침상이 비어 있어서 임호가 자고 가겠다고 했다.

임호는 자꾸 한숨을 쉬었고, 그러다 울었고, 그러다 일어나 불을 켜고 다시 오탁구 팔을 확인했고, 김형기 불독새끼 개새끼라고 욕을 했고, 다시 팔을 보자고 할 때 오탁구가 안 보여 주니까 더 화를 냈고, 탁구 그만 둘까? 하고 쓸데없는 소리를 했다.

아침 일찍 캡틴이 찾아와서 임호가 사건이 일어났던 상황을 세세하게 이야기 했다.

"속상해 죽겠다, 진짜……."

캡틴이 마른세수를 하면서 두 손바닥으로 얼굴을 가리고 한참을 있었다.

"죄송해요, 선생님."

오탁구가 말했고 임호가 오탁구의 어깨에 팔을 걸며 고개를 숙였다.

"휴우! 넘어진 김에 쉬어가는 걸로 하고, 푹 쉬어. 너무 걱정하면 몸 해친다. 알았지?"

캡틴이 오탁구의 어깨를 다독거렸다.

치료를 받으러 오라고 해서 셋이 함께 치료실로 갔다. 오탁구가 팔을 걷어 올렸을 때, 온통 가지 색으로 통통 부은 걸 보고 임호가 벌벌 떨며, 이거 왜 이러냐고, 썩는 거 아니냐고 의사에게 물었다. 그때 김 감독이 자기 아내와 함께 들어왔다. 임호가 인사도 하는 둥 마는 둥 하고 밖으로 나가 버리자, 김 감독이 소리 질렀다.

"이따 갈 때, 내 차 타고 가자!"

치료를 받고 오탁구는 입원실로 올라왔다.

한참 있다가 캡틴이 다시 올라왔다.

"김 감독이 입원비랑 모두 책임지기로 했다. 동영상 많이 보고 학과 공부나 좀 해라."

"네."

"김 감독과 부딪치는 거 나도 별로 편치 않아서 자주 못 오겠다."

캡틴이 말했다.

오탁구는 느낌이 좋지 않았다. 중학교 때, 3총사를 너무 싸고돈다며 김 감독이 와서 캡틴을 잘라버린다며 엄포를 놓은 일이 떠올랐다.

"이거 김 감독 부인이 너 주라고 하더라. …… 간다. 무슨 일 있음 연락하고."

캡틴이 돌아서면서 뒤로 손을 흔들고 나가버렸다.

쇼핑백에는 속옷과 양말 그리고 세면도구 등이 있었고 메모지가 들어 있었다.

정말 미안하고 안타깝게 생각한다.
그러나, 기왕에 벌어진 일,
전화위복이 되는 기회의 시간이 되기를 빌며
하루빨리 쾌차하기를 진심으로 기도할게. -범일 엄마가.

소식을 듣고 강수가 왔다.

그쪽 학교에 영 정이 붙지 않는다고. 괜히 또 선배들과 심하게 한판 붙어서 제적 위기에 있다고 하면서 탁구를 그만 두고 싶다고 했다.

강수는 밤마다 찾아와서 자고 이튿날 갔다.

"나 탁구, 그만 두려고."

강수가 심각해 보였다. "

지쳤어. 내가 점점 쌈개 같아. 나를 꺾어보겠다고 눈에 불을 켜고 덤비는 상대를 보는 거, 이제 접을래."

"그럼 이제 뭐 할 건데?"

"애완견 브리더."

"그게 뭔데?"

"있어, 그런 거."

강수는 원래 강아지를 좋아해서 휴대폰에도 맨 강아지 사진이다. 외출해서도 강아지나 개를 보면 반가운 친구 대하듯 아는 체를 하곤 했다.

"티브이에서 팻쇼 본 적 있어. 인형처럼 예쁘게 꾸민 강아지 줄 잡고 카펫 도는 거. 그거지?"

"오케바리~"

"쿡! 아, 웃겨, 진짜 웃겨……."

"죽을래!"

"야, 강수! 넌 지금 취미생활을 직업으로 착각하고 있어. 정신 차리고 탁구나 열심히 치셔. 내가 장담하는데, 넌 반드시 국가대표가 될 거야, 그 놈의 성질만 죽이면, 진짜야."

철심을 박고 깁스도 했다.

퇴원을 하고 수업일수를 채우기 위해 교실에 들어갔다. 공부가 귀에 들어오고 안 들어오고는 둘째 치고 좀이 쑤셔서 의자에 엉덩이를 붙이고 앉아 있을 수가 없었다. 수업시간에도 화장실을 들락거려 눈총을 받았다. 영어나 국어 시간에만 들어갔고 수학 시간에는 교재를 펼쳐 놓은 채 교실을 빠져나왔다. 체육관에 나가서 볼 채로 볼을 주우며 간식 시간만 기다렸다. 그러나 김 감독이 오탁구를 빚쟁이 보듯 해서 체육관 가는 것도 접었다.

운동도 금단 현상을 일으키는지 너무 무기력해지고 짜증이 일었다.

화장실에서 볼일 보고 뒤처리 하는 것, 머리 감는 것, 옷 입고 벗는 것, 쌈 싸먹는 것, 전부 다 불편하고 답답했다. 잘 견디다가도 문득 문득 화가 치솟았다. 임호도 김 감독도 모두 원망스러웠다. 우울증이 생겨서 정신과 치료도 받아봤지만 점점 더 심해졌다. 이 일로 임화정 시인이 김 감독을 만나러 학교에 왔다. 겨울 방학 동안 데리고 있겠다는 허락을 받았고 오탁구는 임화정 시인을 따라 구례로 내려갔다.

임화정 시인은 그 지역의 고등학교에 문학수업을 들어가는데 오탁구도 함께 수업을 받겠다고, 그쪽 학교에서 먼저 허락을 받았다고 했다. 문학 수업도 재미있었다. 문학반 학생들은 탁구선수 출신의 오탁구에게 호기심을 보였다. 자기들은 하루 종일 책과 씨름을 하는데 운동선수들은 뛰고 놀고 하니 좋겠다고 부러워했다. 특히 외국에 전지훈련을 나가는 일에 대해서는 오탁구를 되게 멋있게 보았다. 국가 대표가 되라고 하면서 미리 사인을 받아갔고 답례로 오탁구의 깁스 한 팔뚝에 사인과 그림을 그려 주었다. 아주 어려서부터 절 그리고 합숙소 생활을 했기 때문에 제 또래 애들이 어떻게 사는지 경험해보지 못했던 오탁구는 마음에 각성이 일어났다. 눈만 뜨면 탁구장 먼지구덩이 속에서 상대를 넘어뜨릴 생각만 하며 기계처럼 산 자신이 불쌍해졌다. 대학을 가거나 실업팀에 간다고 해도 결국엔 체육관에서 성적을 올리라고 후배들을 조련할 것을 생각하니 재미없어졌다.

임화정 시인에게 이런 마음의 변화에 대해 털어놨다.

코치나 감독이 아니더라도 '탁구심리분석가'나 '탁구해설가' 같은 걸 해도 적성에 맞을 것 같다고, 앞으로 그런 쪽으로 신경 써보자고 조언해 주었다.

오탁구는 임화정 시인에게 틈틈이 국어 수업도 받으며 차츰 마음의 평정을 찾아가고 있었다.

"고등학교 1학년 선수가 국가대표 에이스를 꺾었다. 실화일까? 실화다. 만화에나 나올 법 한 일이 국내 탁구대회에서 벌어졌다."

올해 고교 1학년생인 임호(16·청구고·사진)군이 그 주인공이다. 임호는 25일 홍성실내체육관에서 열린 제70회 전국남녀탁구종합선수권대회 남자단식 8강전에서 탁구 남자대표팀의 '간판' 이영기(27·미래에셋조선)를 4-3으로 꺾었다. 임호는 이어진 준결승전에서 2013년 세계주니어선수권 우승자 장선우(22·국군체육부대)에게 0-4로 졌지만, 고등학교 1학년생이 이 대회 남자단식 준결승전에 오른 건 처음이다. 현장에서 경기를 지켜본 대회 관계자들은 "선배들도 못했던 걸 해냈다"며 놀라움을 감추지 못했다.

기사를 읽던 오탁구는 벌떡 일어나 주먹을 불끈 쥐었다.

"아오!"

오탁구는 저도 모르게 고함을 지르고 제자리에서 방방 뛰다가 임호에게 문자를 날렸다.

축카축카!

쌩유.

끝나고 빛의 속도로 내려온나.

오키 오키 만난 거 해놓고 기둘리
오케바리

그러나 임호는 집에 내려오지 않았다. 카톡을 해도 답이 없었고 휴대폰은 자주 꺼져 있었다.

오탁구는 뭔가 불안해졌다. 임화정 시인도 꿈자리가 좋지 않다고, 아무래도 무슨 일이 생긴것 같다고 했다.

두 사람이 학교에 가보려고 채비를 차리는데 비보가 먼저 날아들었다. 임호가 학교 옥상에서 떨어져서 죽었다는 것이다!

임화정 시인과 함께 병원으로 가서 죽은 임호를 확인하는 순간 오탁구는 머릿속의 신경이 툭 끊어지는 고통을 느꼈다. 오탁구가 상주 노릇을 하고 있는데, 청구고 감독과 코치가 탁구부원들을 인솔하고 들어왔다. 일행이 일렬로 서더니 김 감독이 한발 앞으로 나가 향에 불을 붙이고 있었다. 그 순간,

'임호가 왜 죽었을까?'

하는 의문이 오탁구의 머리를 강타했다. 분향을 끝내고 김 감독이 두 손을 내밀었지만 오탁구는 그 손을 확 뿌리치며 말했다.

"임호 살려내세요."

김 감독은 어쩔 줄 모르고 절절 맸다. 그러자 옆에 있던 코치가 눈을 부라리며 행동으로 오탁구를 나무라면서 김 감독을 모시고 빠져나갔고, 탁구부원들도 한 코에 엮인 굴비처럼 딸려나가고 있었다.

"김범일!"

오탁구가 소리 질렀고, 김범일이 말뚝처럼 그 자리에 섰다. 오탁구가

이를 부드득 갈며 주먹을 쥐었다. 그러자 김범일이 다가와서 말했다.

"미안해…… 대신 사과 할 게."

이렇게 말하고 나서 김범일은 임호의 영정 앞에 무릎을 꿇었다.

"지켜주지 못해서 정말 미안해. 임호야."

김범일이 울었다.

그날 밤, 아주 늦은 시각에 김형기 감독도 장례식 장에 찾아와서 임화정 시인 앞에 무릎을 꿇었다. 그리고 자초지종을 이야기 했다.

얼마 전에 치러진 대회 16강에서 임호와 김범일이 붙게 되었다. 임호에게 져 주라고 김 감독이 지시했고, 임호는 그 말을 무시하고 이겼다. 김범일이 16강에서 탈락해버렸고, 임호는 준결승까지 올라갔다. 그 후, 감독 말을 듣지 않으려거든 다른 학교로 전학 가라고 했고, 오탁구와 함께 전학 가겠다고 임호가 말했고, 감독은 둘 다 제적시켜버리겠다. 다시는 선수 생활 못하게 하겠다, 라고 했다.

아무래도 이것이 임호가 자살하게 된 이유인 것 같다고 했다.

그는 일이 이렇게 될 줄 몰랐다고, 미연에 막지 못해 정말 죄송하다며 용서를 빌었지만 임화정 시인은 돌아앉았다.

이 일로 탁구부에서 소요가 일어날 것을 염려한 김형기 감독은, 그동안 학교의 명예를 빛낸 공을 인정해달라고 학교 측에 요구하여 임호의 장례를 학교장으로 치르기로 했다.

김형기 감독을 장례 위원장으로 하여, 청구고 운동장에서 영결식이 치러졌다.

식이 끝난 후, 오탁구는 임호의 영정사진을 들고 체육관으로 향했다. 단상 위의 국기를 바라보면서 천천히 발걸음을 옮겨 놓았다. 대회에 출전하기 전에, 메달을 목에 건 후에, 가슴에 손을 얹고 국기에 대한 맹세를 하면서 각오를 다졌다. 쌍둥이처럼 붙어 서서 서로의 숨소리를 들으며 애국가를 불렀다. 숱하게 부상을 입고 매를 맞으면서도 개인과 학교의 영예를 위해서 기꺼이 참고 견뎠다. 그 모든 땀과 영광을 뒤로 한 채 임호는 가야 하는구나, 이게 마지막이구나 하면서, 오탁구는 임호를 대신해서 국기를 향하여 절을 했다. 체육관을 한 바퀴 돌아 나오던 오탁구는 무엇에 발이 붙잡힌 듯 꼼짝 못하고 멈춰 섰다.

"야, 오탁구 뭐해, 서브 넣지 않고!"

오탁구는 임호의 환영을 보았던 것이다.

오탁구는 비틀거리며 임호의 영정 사진을 놓쳤다. 누군가 영정을 집어 들었지만 임화정 시인이 그걸 뺏어서 다시 오탁구의 깁스한 팔뚝에 올려놓고 부축이며 걸음을 떼어 놓았다. 체육관을 나와 운동장을 한 바퀴 돌다가 오탁구는 또 한 번 발을 멈췄다. 임호가 옥상에서 떨어진 바로 그 자리였다. 목격하지는 않았지만 직감적으로 여기겠구나, 싶은 자리를 지나게 된 것이었다. 오탁구는 무릎을 꿇고 오열했다.

"임호……이 개자식아!"

그때까지 턱 끝으로 떨어지는 눈물을 손수건으로 찍어내던 임화정 시인이 윽, 윽 숨 끊어지는 소리를 내며 울었다. 탁구부 애들이 따라 울고, 학교의 여선생님들은 쪼그리고 앉아서 오탁구의 등을 쓰다듬으며 울었다. 학교는 눈물바다가 되었다.

1장

호랑이, 개구리, 두더지

임호가 떠났다, 영원히.

작년 겨울에 있었던 그 일이 꿈인 듯 생시인 듯 생생하게 머릿속에서 재생되고 있어서, 오탁구는 청구고에 발을 들여놓을 수가 없었다. 학교에서는 더 이상 결석하면 퇴학이라는, 짐을 빼가라는 문자가 왔지만 그대로 내버려 두었고 결국, 캡틴에게서 문자가 왔다.

합숙소에서 네 짐을 빼서 아빠에게로 부쳤다.

전학 수속 밟아 놨다.

전학이라니 어디로? 궁금했지만 오탁구는 캡틴의 문자에도 답을 하지 않았다. 탁구가 다인 것처럼 세뇌 시켜놓고, 자기가 부모처럼 행동해놓고 막상 이 지경이 되니까 전학처리를 해버리다니, 갑자기 세상의 다리가 끊어진 듯 허탈했다. 찜질방과 피시방으로 떠돌아다녔다. 돈이 달랑달랑해서 노숙을 하다가 며칠에 한 번씩 찜질방에 가서 씻었다. 돈이 완전 바닥나서 굶주리는 상황까지 왔다.

자꾸 이상한 생각이 들었다.

'나도 임호처럼 그렇게 할까. 그게 가장 간단하고 쉬운 거 아닐까.'

'엄마는 어디에 있을까, 서울 가서 한강에 투신할까, 청구고 옥상으로 갈까……'

전화가 왔다. 모르는 번호인데, 엄마인가, 하면서 오탁구는 전화를 받았다.

"갈 데 없으면 와라, 괜히 사고 치지 말고."

예의 없고 부정적인 화법 때문에 아빠라는 사람일 것이라는 짐작이 갔다. 욱하고 성질이 올라왔다. 상관하지 말라고 소리 지르고 끊어버렸다. 그러나 일단 거기라도 가야지 다른 방법이 없다 싶던 순간, 다시 전화가 왔고, 가겠다고 꼬리를 내렸다. 이런 결정을 하고 있는 자신이 한심하고 짜증났다. 주먹을 쥐고 땅을 쾅쾅 밟으며 욕을 했다.

"에이씨, 좆나 시발…… 개 쩔어!"

지나가는 사람들이 오탁구를 피해 갔다. 오탁구는 자신이 한심해졌다.

진정하자고 스스로를 타이르면서 방금 통화한 그 번호를 저장 했다. 아빠라고 쓰다가 지우고 '제로'라고 고쳤다. 제로에 두 가지 의미를 부여했다. 제로가 만일 아빠 노릇을 해준다면 혈연지간의 0순위를 의미하게 되는 것이고, 만일 절에서처럼 또 그렇게 '너는 너, 나는 나' 식으로 남만도 못한 관계가 된다면 그건 그냥 아무것도 아닌, 0(無)인 것이다.

아빠가 될지 제로가 될지 그건 두고 봐야 할 일이겠지만, 제로는 zero= 無 쪽일 가능성이 클 것이라는 예감이 들었다.

"원단은 안 변해."

사람의 본바탕은 타고 나는 것이라서 노력이나 교육으로 쉽게 변하는 게 아니라고 하던 캡틴의 말이 생각났다.

운동할 때도 기본부터 올바른 자세로 익히라고 강조했었다.

월요일 새벽인데, 지방으로 내려가는 사람들이 의외로 많다. 카톡이 온다, 제로다.

기차 잘 탔냐?

습관적으로 ㅇ을 찍다 말고 일단 멈춘다. 이때의 ㅇ은 '알았어' '응' '오케이' 이런 뜻이다. 그러나 이 신호를 이해 못한다거나 아니면 '아니요' '안 갈 거예요.' 라고 오독을 할 수도 있다. 제로와 살아본 적이 없으므로 앞으로 많은 오해와 갈등이 빚어질 것이다. 그런데다 제로는 양보나 배려 따위와는 담 쌓은 인간이니까, 이쪽에서 알아서 피해가 없도록 주의해야 한다.

목적지까지는 대략 한 시간 반 정도 남았다. 한 숨 자두려고 의자를 뒤로 젖히고 등을 기대는데 카톡이 또 온다.

도착하기 십 분 전에 카톡해라.

만일 서로 연락이 닿지 않으면 어제 말한 곳에 가서 서 있어.

웬 아버지 코스프레람, 적응 안 되게 시리.

K대 앞에 서 있으라고!

일방적인 데다 공격적이기까지 하다. 어젯밤에 했으면 그만이지. 성가시다. ㅇㅇ이라고 찍어 날리고, 전원을 꺼버린다.

이러다 잠들면?

알람을 맞춰 놓기 위해 핸드폰을 다시 켠다. 그 안에 제로에게서 전화라도 올까봐 조바심이 난다. 목소리 들으면 토 나올지도 모른다. 알람만 울리게 하고 다른 신호음은 완전 무음으로 하는 방법은 왜 아직 없나 모르겠다. 도착 십 분 전에 알람을 켜놓고 얼른 끈다.

커튼을 치고 눈을 감는다. 의자 젖히는 소리, 선반에 가방 얹는 소리가 이어지다가 조용해진다. 기차 안은 취침모드로 바뀐다. 달달한 잠 속으로 빠져든다. 덜커덩 덜커덩 등허리 밑에서 기차 바퀴 소리가 난다.

"칙 폭 칙칙 폭폭 칙칙폭폭 칙칙 폭폭 기차소리 요란해도 아기아기 잘도 잔다."

하모니카로 이 노래를 왜 안 불러봤을까? 자장가로 이 노래도 자주 불러줬었는데, 엄마는 잘 계신지……. 기차는 다섯 살 때, 절에 갈 때 처음 타보고 이번이 두 번째다. 왜 늘 내려가는 기차만 타게 될까? 올라오는 기차는 언제쯤 타게 될까? 보나마나 또 나쁜 일로 기차를 타겠지. 고달픈 이놈의…… 인생. 빛바랜 기억의 조각보가 꿈속에서 너울거린다. 수원, 평택이라는 소리가 에코처럼 귓가에 맴돌다 멀어져 간다.

휴대전화가 울린다. 통화 버튼을 누르려고 보니, 알람 소리다. 도착 십분 전이다. 문자하라던 제로의 말이 생각나지만 쌩까기로 한다. 반항이 아니라 쪽팔려서 그렇다. 아마 이번 일이 터지지 않았다면 어쩌면 영원히 제로에게 전화 같은 건 안 하고 살았을 것이다.

안내 방송이 나온다.

내릴 사람은 놓고 내리는 물건이 없는지 선반 위, 옷걸이 등을 살펴보란다.

여기저기에서 검은 머리통이 불쑥불쑥 올라온다. '두더지잡기 팡팡'의 두더지들 같다. 한 마리 두 마리 세 마리……. 많은 두더지들이 일어나 입구 쪽으로 나가고 오탁구도 그 대열에 합류한다. 여기 모인 두더지들에게는 공통점이 있다, 활어처럼 싱싱하다는 것.

문이 열리고 두더지들은 질서 있게 기차에서 내린다. 다른 칸에서도 많은 두더지들이 내린다. 이 두더지들은 야구선수들이 즐겨 입는 것 같은, 팔은 흰색, 몸통은 붉은 색 잠바를 단체로 입었다. 그 중에 유독 싱싱한 두더지 한 마리가 성큼 성큼 걷고 있다. 얼굴도 좀 생긴 데다가 몸도 좋고 머리스타일도 멋지다. 그의 등판에 문장처럼 찍힌 동물이 입을 크게 벌리고 포효하고 있다.

나는 동물의 제왕 호랑이이다, 어흥!

어제 제로가 전화로 이르던 말이 생각난다. 만일 전화 연결이 닿지 않을 땐 K대 셔틀버스 타는 데 서 있어, 라고 했던 말이.

오탁구의 인식체계에 저장되어 있던 매뉴얼이 열리며 빛의 속도로 해독해낸다. 그들은 모두 두더지가 아니라 호랑이라고.

오탁구는 유독 싱싱한 호랑이 뒤에 바짝 붙어 서서 걷는다.

저 호랑이들의 본부는 서울의 안암동에 있는데, 어쩌다 이곳까지 내려왔을까. 저들도 결국 삐꾸인가? 아니지. 고양이, 염소, 개, 닭, 병아리, 제비, 참새에다 대면 완전 에이스 주전선수지. 아무렴. 어쨌든 저들은 스카이(S.K.Y)이다, 스카이……. 어? 방금 "스카이!" 하고 발음하는 순간, 비 개인 하늘에 무지개가 뜨고 별빛이 흐른다. 이래서 사람들이 스카이, 스카이 하는건가? 그래서 한국의 고등학생들은 기를 쓰고 스카이에 진입하려고 하는건가? 오탁구는 고1이지만 스카이에 대해 관심을 가져본 적이 없다.

선수는 기록을 내기 위해 존재한다고 캡틴이 말했다. 초등학교 3학년 때 합숙소에 집어넣어지면서부터 탁구선수라는 이름의 가시관이 머리에 씌워졌다. 이 관은 엄밀히 말해, 학생이기 이전에 탁구선수라는 징표였다. 가시관을 쓴 자들은 밥 먹을 때도 장난 할 때도 라이벌과 함께 트랙을 돌며 매뉴얼대로 움직이느라 다른 사람들이 어떻게 사는지 엿볼 기회가 없다.

그 트랙을 벗어나서 살 수 있을지 없을지 자신 없지만 그래도 남들처럼 '스카이'하고 발음해보고 하늘도 한번 올러다보면서 유독 싱싱한 호랑이들 뒤를 따라 걷는다. 계단을 오르고, 기차 역사로 이어진 고가 육교를 걷는다. 육교 끝에 다다르자, 대부분의 호랑이들은 계단을 내려가고 몇몇은 엘리베이터 앞에 선다. 유독 싱싱한 호랑이는 계단으로 내려가고, 짐이 있는 오탁구는 엘리베이터 줄에 선다. 엘리베이터는 노약자용이라서 상당히 느리게 운행되고 있다. 오탁구가 밖으로 시선을 풀어놓는데, 사 차선 도로 건너편에 서 있는 한 남자가 눈에 들어온다. 가슴이 벌렁거리며 다리에 힘이 빠진다. 오탁구는 손가락을 꼽아가며 수를 센다.

여섯 일곱?……열다섯, 열여섯

11년 만이다.

엘리베이터를 탄다. 호랑이들 뒤에 몸을 숨기며 지상에 발을 딛는다. 바로 코앞에 버스 승강장 부스가 설치 되어있다. 이정표도 없고, 노선표도 없이, 벽면에 입 벌린 호랑이 얼굴만 커다랗게 찍혀 있다.

K대. ~university 라는 설명 없이, 호랑이 얼굴 하나 만으로도 유서 깊고 명망 높은 명문대학이라는 걸 웅변하고 있는 저 자부심.

아, 진짜. 존나 부럽다, 씨발.

오탁구는 이상한 상상이 막 피어난다.

오탁구는 마치 자신이 타인인 것처럼 자기 마음과 대화를 나눈다.

'만일, 나에게 대학에 입학할 자격이 주어진다고 한다면, 만일 그런 티켓 같은 게 있다고 한다면, 주저 없이 K대를 선택 하겠다. 왜냐고? 그냥, 지금 막 그냥 좋아졌다. '그냥좋은학교' 같다.'

학생들이 질서 있게 줄을 서고 그 앞에 K대 셔틀버스가 와서 선다. 버스는 길 건너와 이쪽을 가리는 가림막이 된다.

그냥좋은학교 학생들이 올라타고 셔틀버스가 떠난다. 남은 학생들은 휴대폰을 들여다보거나 문자를 하고 있고 오탁구는 그 무리에 섞여서, 남자를 관찰한다. 남자는 담배를 피우며 통화중이다.

남자는 네이비 바탕에 화이트가 사선으로 프린트 된 운동복을 입었다.

담배를 끄고 통화도 끝낸 남자가 다시 전화를 건다. 오탁구의 휴대폰이 울리고 '제로'라고 뜬다. 전화가 울게 내버려둔다.

셔틀버스가 또 온다. 그냥좋은학교 학생들을 몽땅 쓸어 담아서 떠나 버리고 오탁구는 홀로 서 있다.

남자가 다시 전화를 걸고 오탁구의 휴대폰이 미아처럼 울어댄다. 오탁구를 발견한 남자가, 자기 휴대폰을 끈다. 휴대폰을 주먹에 쥐고 빚쟁이를 잡으려는 얼굴로 오고 있다.

오탁구는 그냥 서 있고, 남자가 악수하기 알맞은 거리에 다가와서 손을 내민다. 오탁구는그 손을 무시하고 무심한 어투로 인사한다.

"안녕하셨어요?"

남자가 두 손을 주머니에 넣고 꼿꼿하게 서서 대답한다.

"그랩."

남자는 변한 게 하나도 없다.

십 년이면 강산도 변한다는데, 짱 나. 개쩔어.

오탁구는 화가 치밀고 욕도 치민다. 자기 자신도 이해가 안 갈만큼 화가 치민다.

"많이 컸다. 백칠십 되니?"

"칠십 삼요."

끄덕끄덕.

"아픈 덴 없고?"

아프다, 마음이.

그렇지만 오탁구는 자기 진심을 말하지 않는다. 제로와는 아직 같은 팀이 아니기 때문이다.

택시를 잡는다.

아직까지 차도 한 대 마련하지 못했나? 그럼 옷은? 개쩔어 뭐야?

오탁구는 인상을 긁으며 뒷자리에 탄다. 조수석이 비었는데 제로는 굳이 오탁구 옆에 앉는다. 살 닿는 게 신경 쓰여서 다리를 오므리는데, 헐~ 제로의 운동화가 요넥스다. 흰 바탕에 테두리가 푸른색이고 끈은 빨강. 오탁구 거랑 똑같다. 임호의 장례식을 치르고 찜질방 생활을 할 때, 도저히 그 상황이 받아들여지지 않았다. 라켓을 놓는 공허감에다, 어디로 가야할지 너무나 막막했다. 자신을 위로해주려고 인터넷 서핑을 하다가 이 제품에 꽂혔고, 해외직구를 통해 19만원 주고 구입하면서 주소를 청솔초 합숙소로 했었다. 이번에 내려오면서 헌신발을 버리고 박스를 개봉해서 신었다. 이 제품은 아직 국내에 출시

되지 않은 걸로 아는데, 제로가 어떻게 이걸? 그러고 보니 셔츠와 바지도 요넥스 제품이다. 재수 없다. 아, 정말 짱 난다.

"일단 학교로 가보자."

현행범으로 체포되는 기분이다. 이렇게 전학을 올 줄 알았으면 진작 기숙사 있는 학교나 알아볼 걸 그랬다. 때는 이미 늦었다. 그런데 이렇게 밀어붙이는걸 보면, 이 학교에 기숙사가 있을 것 같다. 청솔 코치와 서로 연락해서 이미 전학 수속을 마쳤는지도. 그렇지만 다시는 라켓을 잡지 않을 작정이다.

학교는 역에서 가까운 거리에 있다.

나무가 많다. 오래된 학교인가 보다.

제로는 화단 옆에 서서 도둑 담배를 피우고 있고 지나가던 학생들이 좋지 않은 시선으로 두 사람을 묶어서 훑는다.

'아이 쪽팔려 씨이. 어른은 개뿔, 어른답게 행동도 안 하면서.'

오탁구는 경고 조로 혀를 한번 쯧, 차준다. 제로가 급하게 뻑뻑 두 모금을 빨고 담배를 끈다. 언짢은 표정으로 제안한다.

"같이 들어가자."

오탁구는 거절의 의미로 인상을 구겨준다.

"네 일이잖아, 인마."

오탁구는 눈알에 힘을 주면서 돌아선다. 자꾸 이러면 이대로 나가버리는 수가 있음, 이라는 바디 랭귀지를 제로가 알아먹기를 바라면서.

제로가 주머니에 손을 넣은 채 다리를 벌려 막으며 못 박는다.

"전학은 하는 거다?"

그러고는 잽싸게 안으로 들어간다.

주변으로 시선을 돌린다. 수령이 오랜 소나무는 그늘이 제법 넓다. 잊고 있었던 다섯 살의 기억이 스케치북처럼 펼쳐진다. 공양주 보살님은 아직도 그 절에 계시는지…….

제로에게서 전화가 온다. 오탁구는 그걸 받지 않고 교무실로 간다.

교무실이 후졌다. 비품도 후졌고 선생들도 후져 보인다. 가장 후져 보이는 선생 옆에 제로가 앉아 있다. 오탁구는 제로 옆으로 가서 선생에게 일단 꾸뻑, 인사한다.

선생은 오탁구를 쳐다보지도 않고 건성으로 인사를 받는다.

"이, 그려."

여전히 눈은 서류에 박은 채, 턱짓으로 제로 옆의 의자를 가리킨다.

"아무디나 적당히 앉어."

이렇게 개무시를 하다니, 오탁구는 주머니에 손을 넣으며 삐딱하게 선다. 곁눈질로 감 잡은 선생이 눈썹을 한 번 올렸다 내린다.

"탁구 쳤다미? 이름은 오탁구…… 개명?"

의외의 반응에 오탁구는 멍 때린다.

"본명인데요?"

제로가 대신 나서준다.

"그건 뭐 별루 중요하지 않구……."

헐!

오탁구는 그대로 나가버리고 싶다.

제로가 오탁구의 눈치를 보며 풀 죽은 목소리로 수습하고 나선다.

"그동안 운동만 해서 수업을 잘 따라 가려나 모르겠어요. 친구들하고 잘 지내야 할 텐데 그것도 걱정이고."

"적당히 잘 지내문 되지유."

참 성의 없다, 이 선생. 오탁구가 벌떡 일어난다.

"야……?"

제로가 소리도 제대로 못 지르며 눈을 부라린다.

"화장실 가요."

"아무 디나 적당히 눠."

적당히 누라는 말의 포괄적인 의미는 나무 밑에나 꽃밭에나 아무데나 누라는 뜻일 수도 있다. 이 선생은 선생이면서 언어 사용을 잘못하고 있다. 그게 아니면 업무 태도가 적당주의 이거나.

오탁구는 일단 그 자리를 피하고 싶어서 나온 것이다. 일 층 복도 끝에 화장실이 있는데 그건 교직원용이다. 아무 디나 적당히 누라던 선생의 말이 적당히가 아니라, 배려의 의미일 수도 있겠다는 생각이 든다. 오탁구는 그냥 교직원용 화장실로 들어간다.

카톡이 온다.

토끼 생각 마라!

왜 자꾸 아빠 코스프레람?

오탁구는 인상을 쓰며 교무실로 들어간다.

제로와 선생은 커피를 마시는 중이고 오탁구가 앉았던 책상 위에는 김이 올라오는 율무찻잔이 놓여있다. 선생이 느린 동작으로 율무 잔을 가리킨다. 이렇게 지루한 선생들 밑에서 2년을 버틸 자신이 없다. 오탁구는 거절의 의미로 율무차를 마시지 않는다. 선생은 오탁구의 사인을 무시한 채 말한다.

"2학년 3반. 2층이여."

'지금 교실로 들어가라고?'

오탁구는 너무 당황스럽다.

제로가 낌새를 알아차리고 나서준다.

"갑자기 결정한 일이라……내일부터 등교하는 것으로 좀 해주세요, 선생님."

"그리유?"

"네, 선생님. 죄송합니다."

"그리유, 그럼."

제로가 일어나서 넙죽 절을 한다. 누가 보면 제로가 2학년 3반으로 전학 오는 줄 알겠다.

오탁구는 갑자기 머리가 띵 해진다.

결국 이렇게 이 학교에 다니게 되는 건가? 탁구를 안 하고 학교에서 뭘하며 지내지? 기숙사도 없는 것 같은데, 난 어디서 살지?

선생은 제로의 과한 인사가 민망했는지 맞절을 하는 대신 오탁구의 팔을 툭 치며 훈계질이다.

"아빠한티 잘해 이누마."

'어따 대고 훈계질이세요?' 하는 뜻을 담아 오탁구 한번 가오를 잡아보지만 선생은 전혀 개의치 않고 자기 페이스를 이어나간다.

"사람은 사회적 동물이여. 무언 말인고 하니, 친구 읎인 배기기 힘들다 이거여. 살다 보문 친구 때문에 힘들 때도 있긴 하지만서두 말이여."

오탁구는 성질이 확 올라온다. 당신이 친구 때문에 힘든 내 심정을 알아? 하고 멱살을 틀어쥐고 따지고 싶어진다. 제로가 선생과 오탁구 사이를 막으며 교무실 문을 연다.

아무튼 무슨 과목인지 몰라도 이 선생한테 수업 듣다가는 알던 것도 헷갈릴 것 같다. 다시 볼일이 생기지 않았으면 좋겠다.

운동장으로 나오는데 선생이 교무실 창문을 열고 웬 종이 쇼핑백을 들어 보인다. 뒤따라오던 제로가 허겁지겁 달려가 그 봉투를 받는다.

"내가 깜빡했네."

"저도요, 고맙습니다, 선생님."

"맞을래나 물루지……그냥 적당히."

"좀 이르다만 점심부터 먹자."

학교 앞에도 음식점이 있는데 제로는 길을 건너 허름한 음식점으로 들어간다. 식당 안에는 손님이 한 명도 없고 주방에서는 또각또각 도마 소리가 요란하게 난다.

자리에 앉아 차림표를 본다. 오탁구는 갑자기 삼겹살 구이가 먹고 싶다. 고기를 먹은 지가 언제인지 가물가물하다. 원정 경기 갔을 때, 이렇게 허름한 집이 의외로 음식이 맛있었던 기억도 있다. 당장 먹고 싶어서 군침까지 돈다.

도마 소리가 멎는다.

주인이 물병과 물휴지를 들고 다가온다.

주인이 묻지도 않았고, 오탁구에게 묻지도 않고, 제로가 제멋대로 주문한다.

"된장 두 개요."

오탁구는 속으로 중얼거린다.

기대하지 마라 오탁구. 제로는 제로(zero=無)일 뿐이다.

오탁구는 공연히 캡틴이 생각난다. 단체 기합도 자주 주고, 기대에 미치지 못하는 성적이 나오면 발길질도 잘했다. 그렇지만 회식을 할 때는 주전이든 삐꾸든 차별하지 않고 자기가 선택한 음식을 먹도록 배려했었다. 멍든 얼굴을 하고도 자기가 먹고 싶은 음식 그릇을 앞에 놓으면 그 날의 노여움이 싹 가셨었다.

제로가 술을 따르듯이 물컵에 물을 따르며 선전 포고를 한다.

"오탁구! 난 요즘 너한테 벼락 맞은 기분이다."

벼락이라고? 오탁구는 머릿속에 기재한다.

'벌써 제로(zero=無) 투(Two)다. 이제부터 새로운 게임이 펼쳐질 것이다. 상대방의 페이스에 말리지 않도록 정신을 바짝 차려라, 오탁구!'

"너는 전도유망한 탁구선수 출신으로서, 고등학교 졸업만 하면 군대도 면제 받고 실업팀에 들어가 연봉 받는 선수가 되게 되어 있었어. 여기에 운이 따라준다면 동경 올림픽에 나가 메달을 딸 수도 있었어."

얼마 전까지는 그랬었다.

"네가 그렇게 된 것은 다 내 덕이다."

헐~

이제 와서 무슨 뚱딴지같은 공치사인지 오탁구는 토가 나올 것처럼 역겹다.

"내가 만일 네 엄마를 찾아다니며 귀찮게 했어봐라. 그럼 셋 다 마음을 못 잡고 뒤죽박죽 됐을 거 아냐. 그래도 내가 봐줘서, 그나마 다들 잘 산 거 아니니."

'제로 three four, ……무한대.'

"내 좌우명이 뭔 줄 아니?"

"칫!"

"날 비웃는 거냐, 지금 네 주제에?"

"주제가 바닥이라도 비웃을 수는 있죠. 계속해보세요, 좌우명!"

"나는 내가 사랑하자. 이게 내 좌우명이다."

나는 내가 사랑하자, 오탁구는 이 말이 쉽게 이해가 되지 않는다.

"우리 엄마가 날 고아원에 내다 버릴 때, 그 뒷모습을 보며 큰 깨달음을 얻었잖니. 엄마가 날 버렸다. 앞으로 나는 내가 사랑하자, 라고. 누구나 자기는 자기가 사랑해야 된다고 봐 난."

'원단이 완전 바닥이구만, 바닥'

오탁구는 한숨이 나온다.

"그러니까 너는 네가 사랑해라. 밥도 스스로 해먹고 빨래도 알아서 해 입고."

오탁구는 한숨만 나온다.

캡틴이 했던 말이 떠오른다.

"한숨 쉬지 마라. 자신이 한심하다고 느끼는 때, 이 지점을 스스로 극복하지 못하면 그 다음은 더 나쁜 쪽으로 전개 되는 게 불운아들의 삶의 쳇바퀴이다."

캡틴의 그 말이 비타민처럼 오탁구의 가슴에 녹아든다. 제로는 지금 자기가 갑이라고, 갑질을 하겠다는 건데 그걸 이해하지 못하면 안된다는 생각이 든다.

"알았어요. 그렇게 할게요."

"오케이."

제로는 반색을 하며 손가락을 튕겨 딱하고 소리를 낸다.

이게 그렇게 기분 좋은 일인가, 고등학교 2학년인 자기 자식이 알아서 밥을 해먹고 빨래를 해 입는다는 게? 오탁구는 자신이 아주 유치한 놀이판에 앉아 있는 느낌이다.

된장찌개가 나왔다. 그런데 찌개 속의 양파와 파는 된장 색깔이고 그 위에 얹은 양파와 파는 생생하다. 아무래도 누가 먹던 찌개에 새로 야채를 살짝 올려서 내온 것 같다. 제로는 이런 걸 눈치 채지 못했는지 숟갈을 푹 집어넣어 허푸허푸 소릴 내며 허벌나게 퍼 넣는다. 오탁구는 된장찌개를 밀어두고 밥에 물을 부어 맨 밥을 먹는다.

"집은 월세야."

오탁구는 밥맛이 뚝 떨어진다.

"생활비는 내가 해결 할 테니. 너는 물 끓여 넣어두는 거, 음식물 쓰레기 버리는 거, 집안 청소하는 거, 이렇게 세 개 책임져. 공짜 밥 먹으면서 이 정도는 할 수 있지?"

"쩔어!"

오탁구는 탁하고 수저를 놓는다. 반항의 신호를 보고도 제로는 자기주장을 펼친다.

"난 지저분한 꼴은 못 봐. 집안 청소 제대로 해놔."

"청소기는 있겠죠?"

"전기세는 누가 내주니!"

에효, 주제에 윽박지르시기는.

"합숙소에도 청소기는 있는데."

"그건 내 사생활이야. 경고하는데, 내 프라이버시 건드리지 마라."

"제가 할 소리거든요?"

제로가 건방지다는 투로 쳐다본다.

"저는 제 트랙을 돌 거니까, 끼어들지 마시라고요."

"나도 그러려고 했는데, 네가 지금 내 레인을 침범하고 있잖아 인마."

"인마? 저는 반칙하는 거 접수 못하거든요!"

오탁구가 벌떡 일어선다. 제로가 손을 번쩍 들고 외친다.

"타임!"

손으로 앉으라고 신호를 보낸다. 오탁구는 자리에 앉는다.

"너와 나는 서로 보고 싶지 않은 관계다만, 같은 리그에 묶이는 상황이 벌어졌다. 그래서 게임의 규칙을 정하고 있는 거잖니 지금. 난 할 말 다 했어. 넌?"

오탁구는 턱을 치켜들어 제로를 가리키며 말한다.

"정한 규칙 준수할게요."

제로의 월세 집은 학교에서 멀지 않은 곳에 있기는 한데 심하게 낡았다.

제로는 오탁구의 캐리어를 끌고 2층 집 옆구리에 붙은 쪽문을 열고 들어가 계단을 오르고 오탁구도 제로 엉덩이를 바라보며 뒤따른다. 문을 열자, 거실도 없이 탁구대만한 주방 겸 거실과 방 두 칸이 나타난다. 왼쪽 방이 더 크고 그 옆에 화장실이, 오른 쪽 방 옆에는 주방이 있다. 문이란 문은 죄다 열려있고 금방 이사 온 집처럼 썰렁하다. 구석에는 짐을 뺀 빈 박스와 끈이 있고 가구는 없다. 제로가 주방 쪽 방에 캐

리어를 밀어 넣으며 오탁구가 메고 온 가방도 거기 넣으라고 손짓을 한다. 그 방에는 오탁구가 며칠 전에 부친 택배 상자 두 개가 개봉되지 않은 채 놓여있다. 그걸 보자 서러움이 올라온다. 그 짐에는 상장, 상패, 트로피 그리고 분신과도 같은 라켓들이 담겨 있다. 탁구부가 없는 학교에 전학 수속을 밟았다는 것이 이제야 실감이 난다. 책상도 없고 침대도 없고 옷장도 없는 곳에 놓인 자신의 처지가 너무 한심하다.

화장실은 변기만 하나 달랑 놓여있다. 아무리 바빠도 한 사람은 양치하고 한 사람은 볼일 보고는 할 수가 없게 생겨먹었다. 소변을 본 후 오탁구는 변기에 앉아 생각한다. 짐을 풀지 말고 이대로 그냥 가버릴까, 캡틴한테 나 어떡하면 좋으냐고 상의 해볼까? 차라리 임화정 시인 댁으로 갈까?

"뭐하니!"

제로가 부른다.

오탁구는 밖으로 나간다.

휴대용 가스레인지 위에 노란 양은 냄비에서 물이 끓고 있고, 거실 바닥에는 쟁반 위에 종이컵이 있다. 제로가 끓는 물을 종이컵에 따른다. 오탁구에게 그 쟁반을 가리키면서 믹스 커피를 두 잔 탄다. 오탁구는 믹스커피를 마시고 나면 우유 냄새가 올라와서 마시지 않는다. 왜 제로는 뭐든 묻지 않고 일방통행인지 짜증난다.

오탁구는 무너지듯이 쟁반을 등지고 앉으며 공격적으로 묻는다.

"직업이 뭐예요?"

"태도가 그게 뭐냐? 취조하는 말투잖아."

"원래 그렇게 꼬인 거예요? 아님 상대가 나라서 그냥 기분이 나쁜 거예요?"

"나는 네 아빠다. 내 유전자가 네게 전해졌고, 자식이라고 호적에 입적시켜 이렇게 편의를 봐주고 있잖니? 그런데 넌 지금 나랑 맞장 뜰 기세구나."

"아빠라고요? 함께 살지도 않았고, 생일 밥을 함께 먹은 적도 없어요. 내가 팔이 부러져서 병원에 입원했을 때도 오지 않았잖아요. 솔직히 나는 우리가 진짜 부모자식인가 헛갈려요."

"그건 네 생각이고 네 주장이다. 그렇게 강하게 키운 덕에 네가 유능한 탁구선수가 된 거야. 국대 상비군은 아무나 하니?"

"강하게 키운다고 강해지는 게 아니에요. 그리고 그딴 게 다 무슨 소용이에요, 지금."

"그러게 탁구를 계속 했어야지."

"난 좋아서 탁구 한 게 아니에요. 다신 안할 거예요."

"무슨 뺄 소리야?"

"엄마 아빠가 한번이라도 나에게 탁구를 잘하라고 말해준 적 없잖아요? 엄마는 자기가 근무하는 탁구장에 데리고 다녔고, 그 다음엔 절에 맡겨 놨고, 또 그 다음엔 탁구부 합숙소에 맡겨 놓았고. 이게 내 진짜 스토리잖아요. 물어볼게요, 왜 날 탁구부에 넣었어요? 메달 따고 나서 인터뷰 들어올 때마다 탁구를 왜 하게 되었느냐고 물었어요. 그때마다 나는 이 스토리가 까발려질까봐 두려웠어요. 이건 미담이 아니잖아요?"

"그게 뭐 어때서? 넌 탁구에 관한 한 좋은 피를 이어받았어. 너의 엄마는 탁구의 신이었다. 대한민국 탁구의 역사가 바뀌었을 수도 있었어, 너만 아니었다면."

이건 또 무슨 소리인가? 내가 태어났기 때문에 엄마가 탁구선수 생활을 중도 포기했다는 말인가? 나는 그럼 태어나면서부터 엄마의 발목을 걸어 훼방을 놓았단 말인가?

"암튼 넌 날 때부터 탁구를 하게 되어 있었어. 그건 너의 운명이었다고. 너를 탁구 선수 시킨 이유를 물었니? 그건 내 시나리오가 아니다. 그렇지만 지켜보니까 역시 넌 탁구에 천부적인 소질이 있어. 지금도 그 생각엔 변함이 없다, 난."

"아니거든요? 내 인생은 탁구 때문에 이 모양으로 구겨졌어요. 난 삶의 방향을 잃었다고요."

"너, 그러고 보니 말 잘한다? 대체 언제부터 그렇게 말발이 좋아졌니, 변호사해도 되겠어?"

"지금 비꼬시는 거 맞죠? 나를 반항하게 만들 생각이 아니라면 조심 하세요. 자식도 부모하기 나름이니까."

제로가 커피를 한 잔 다시 탄다.

"경고 차원에서 말씀드려요. 계급장을 떼고 맞장 뜨고 싶게 만들지 마세요. 아시잖아요, 이래 봬도 제가 얼마 전까지 운동선수였다는 거 말입니다."

"너는 진짜 말을 잘하는구나. 나쁜 뜻 아니니 오해 마라."

제로는 손까지 치켜들며 자기 뜻을 강조 한다.

"너는 다섯 살이 되도록 말문이 트이지 않았잖니. 네가 장차 자라서 무얼 하며 살 수 있을지 걱정했었다. 그러다, 네가 탁구에 완전 꽂혔다고, 탁구부가 있는 학교로 전학시키면 어떻겠냐고 연락이 왔을 때,

나는 단박에 오케이 했다."

제로가 찻잔을 입으로 가져간다.

"그때 나는 생각했다, 이 아이는 어쩜 탁구 선수가 될 운명을 타고 났는지 모른다고. 사람이 한 가지 기능이 약하면 다른 한쪽으로는 놀라운 성과가 있다는 이야기는 많이 있잖니."

"김기창 화백, 베토벤 이런 위인들 얘기 하시는 거 알아요. 하지만 그들은 모두 정상인으로 살다가 청각에 이상이 생긴 케이스고 나는 태어나면서부터 발달이 한 템포 씩 늦은 거잖아요. 나는 단지 조금 늦었을 뿐 장애는 아니었어요. 그런데 내가 장애인으로 살 거라고 미리 예상하고 탁구를 시켰다니……내 인생이 잘못 계획된 게 바로 그 지점이네요."

"그렇게 공박할 일 아니니, 열 받지 마라. 그래도 네가 그동안 거둔 성과물은 어디 안 가고 있다. 지금 그 스펙만으로도 방과 후나 생활탁구 코치로 뛸 수 있어."

"됐거든요!"

"되긴 뭐가 돼 인마. 울 아들이 유명한 탁구선수라고, 동경 올림픽도 나가고 금메달 딸 거라고 말하고 다녔는데 이제 내 인생도 스크러치가 났어, 너는 내 마지막 남은 자존심을 뭉개버렸다고, 인마!"

제로가 자리를 털고 일어난다.

*

제로가 웬 쇼핑봉투를 내민다.

"이거 입고 가."

'입고 가라고?'

낮에 교무실에서 쇼핑백을 주던 일이 퍼뜩 떠오른다. 분명히 그 선생이, "맞을래나 물루지"라고 했었다.

"으이씨!"

오탁구는 쇼핑백을 낚아채서 북 찢는다. 내용물이 툭 떨어진다. 다려서 갠 교복 윗도리와 바지이다. 윗도리를 잡아 뜯는다. 부욱하는 소리가 통쾌하다. 바지도 집어 든다.

"이게 미쳤나."

제로가 오탁구의 손에 든 바지를 낚아채는데, 그 속에서 카드 한 장이 툭 떨어진다. 입구가 하트 모양의 금박지로 봉인되어 있다. 제로가 그걸 집어서 금박지를 뜯어내고 들여다본다.

"그 선생, 겉보기보다 찬찬하네. 이런 걸 다 써주고."

제로가 카드를 책상 위에 올려놓고 담뱃갑을 챙겨 밖으로 나간다.

카드를 집어 든다.

Eighty percent of success is showing up.

손 글씨이다. 필체가 단아하고 능숙하다.

성공의 8퍼센트는 이다? 성공의 팔 할은 출석하는 것이다.

출석하는 것만으로도 성공의 팔 할은 이룬 셈이다, 이런 뜻인 것 같다.

오탁구는 탁구 선수로 십 년 뛰고 나서, 건진 건 영어밖에 없는 것 같다고 생각한다. 전지훈련이나 원정 경기 등으로 외국에 나갈 일이 있고, 외국 선수들과 게임 붙을 일도 자주 있기 때문에 코치들은 영어 잘해두라고 닦달을 하고 운동선수들은 대부분 영어 실력이 있다.

그건 그렇고, 이 글을 누가 썼을까, 교복 주인이 주제넘게 이런 것까지 써서 챙겨뒀나? 어제 그 적당히 선생이? 그 선생이 영어? 오탁구는 그런 생각을 하며 청구고 교복을 입고 집을 나선다.

2학년 3반에 들어간다. 키 순서를 무시하고 들쭉날쭉 앉아 있다. 남학생들만 있는 거 보니 이 학교는 남녀 분반인가 보다. 수업 시간이 다 되었고 빈자리도 눈에 뜨이지만 오탁구는 그냥 뒤쪽에 서 있다.

애들이 흘금흘금 훔쳐본다. 만만해 보이는 애도 있고 힘으로는 밀리겠는 애도 있는데 모두 어려보이는 이 느낌은 뭔지 모르겠다.

선생이 들어온다. 어제 그 적당히 선생이다. 출석부를 든 것으로 미뤄 담임인가 보다, 헐!

선생은 새로울 것도 없고 놀랄 것도 없다는 투로 오탁구를 슬쩍 보고는 턱짓을 한다.

"적당히 아무데나 앉아."

흘금거리던 애들의 눈길이 교실 뒤쪽의 빈자리로 옮겨간다. 오탁구는 반 애들 시선의 쏠림이 성가셔서 가까운 자리에 앉는다. 무슨 대합실에 앉아 있는 느낌이 든다.

'너는 있어도 그만 없어도 그만인, 존재감이라고는 없는 낱개의 부속품에 지나지 않는다. 이런 교실에 굳이 앉아 있어야 겠니, 오탁구?'

"어이!"

선생이 오탁구를 바라본다.

"어이!"가 자신을 부르는 소리였다는 걸 인식하자마자 오탁구의 몸이 용수철처럼 솟는다. 어려서부터 맞으면서 단련된 몸이 조건반사를 일으키고 있는 것이다. 굳이 이럴 필요까지는 없었는데, 몸에 세팅되어 있는 저질 운동신경을 빼내려면 많은 시간이 흘러야 할 것 같다.

"새로 온 전학생이여."

"오호!"

"좀 생겼는데?"

오탁구는 어금니를 한 번 물어주는 것으로 답례를 대신한다.

"물르는 거 있다구 하문 잘 좀 가르쳐 주구, 잘 덜 지내여."

담임은 주머니에 손을 대더니 휴대폰을 꺼내 들여다보고 있다.

이것으로 소개가 끝난 건지, 아닌지 헷갈린다. 탁구 선수로서 전국대회에 나가 금메달을 땄다는 칭찬 같은 건 바라지도 않지만 어느 학교에서 전학을 왔고 이름이 무엇인지 정도는 소개해 주어야 맞지 않나? 하다가 오탁구는 그냥 슬그머니 앉는다. 뭐든 '적당히' 하는 게 저 '적당히' 선생의 생활방침일 수도 있겠구나 싶어진다.

적당히는 휴대폰을 책상 서랍에 넣는다. 수업 준비를 하려고 책꽂이에서 책을 집어 든다.

수학이다!

개 쩔어……!

적당히가 수학 선생이라니, 담임이 하필 수학 선생이라니, 이게 무슨 운명의 장난질이며, 해코지란 말인가. 라켓을 잡으면서부터 수학은 오탁구에게 바이바이 손을 흔들며 작별을 고하고 멀리 가버렸다. 이럴 수가, 기껏 도망쳐 왔는데, 퇴로가 막혀버렸다.

이제 와서 나보고 어쩌라고!

오탁구는 연습장도 꺼내지 않고 로봇처럼 앉아 있다.

선생은 칠판에 수학문제를 적는다. 뒤쪽에서 의자를 미는 소리가 나고, 아이들이 하나 둘 책상에 엎드린다. 선생이 문제를 풀어나가면서 풀이방식을 읊어댄다. 앞에 앉은 몇몇 아이들이 선생을 따라 함께 읊어댄다. 소리의 높낮이도 똑같고 박자도 똑같고 호흡도 척척 맞아떨어진다. 일정한 방식과 규칙이 있다. 예를 들면 이렇다. 얼굴을 설명하는데, 이마 눈썹 눈 코 입 턱 이런 식으로 한 코도 빠트리지 않고 딱딱 떨어진다. 수학 문제를 푸는 게 아니라 국어책을 낭독하는 것 같기도 하다. 얼마나 열심히 하면 수학을 국어처럼 이해할 수 있게 되는지, 놀랍다. 한 문제를 풀고 다음 문제를 푼다. 이번엔 호흡이 약간 다르다. 개구리처럼 떼창을 하고 있다. 거기에는 마디도 있고 가락도 있고 하모니도 있다. 저애들은 하모니의 삑사리를 내지 않기 위해서 학원과 과외를 받으며 선행연습을 하고, 집에 돌아가서도 피나는 연습을 하고 올지도 모른다. 그렇게 생각하니까, 우물 밖으로 밀려나지 않기 위해서 버둥거리는 개구리들의 필살기가 느껴진다. 애처롭기도 하고 사위스럽기도 하다.

뒤쪽 아이들은 죄다 엎어져 잔다. 팔을 접어 베고 자거나, 책가방을 올려놓고 엎드려 잔다. 두더지처럼 스스로 땅을 파서 어둠을 만들고 열심히 잔다. 저 두더지들은 밤엔 뭐하고 낮에 잘까? 야동 보나? 한 집에 모여서 함께 보나? 아니지, 돌아가면서 당번을 정해놓고 보는지도 모르지.

앞줄은 대낮이고 뒷줄은 한밤중이다. 아까 교실에 들어와서 키를 무시하고 들쑥날쑥 앉았던 게 이제 이해가 된다. 자리 배치는 키 순서가 아니라 성적 순이었던 것이다.

'아, 여기도 삐꾸와 주전이 있구나!'

오탁구는 수업을 받으러 교실에 들어갔을 때 수업을 못 따라가도 '나는 탁구선수다' 라는 자부심이 있었다. 매를 맞으면서도 솔직히 존재감 작렬이었다.

그런데 지금 오탁구는 개구리 집단에 끼일 수도 없고 두더지 집단에 끼일 수도 없다. 수업을 따라가자니 먹통이고 잠을 자자니 잠이 오지 않는다. 어려서는 말문이 늦게 트여서 두더지처럼 입을 다물고 살았었다. 지금은 남들 못지않게 떠들 수 있는데, 머릿속엔 수학의 질서 체계가 잡혀 있지 않다는 게 문제다. 지겹다. 맞을래, 이대로 앉아 있을래? 하고 누가 묻는다면 차라리 맞는다고 하겠다. 맞을 땐 그래도, 이 고비를 넘기고 나면, 이라는 보상 심리 비슷한 거라도 있지만 이 지루한 시간을 견뎌봤자 기대할 수 있는 건 아무 것도 없다.

지겹다. 지겹다. 지겹다.

온 몸의 수분이 말라가는 느낌이다. 그냥 나가버릴까, 지옥 같은 이 시간은 언제 끝날까, 구역질이 올라온다.

드디어 쉬는 시간 벨이 울린다. 개구리 집단이 입을 다물고, 두더지들이 일제히 일어난다. 얘네들 몸에는 자동 타이머라도 부착되어 있는가보다.

그냥 지금 가버릴까, 하루만 견뎌 보고 결정할까, 화장실엘 다녀올까, 앉아 있다가 애들이 들어오면 그때 볼일을 볼까, 하고 있는데 한 아이가 미소를 머금고 다가온다.

"환영한다!"

얼굴로 봐서는 개구리 과인지 두더지 과인지 구분이 안 가는 애가 손을 내민다.

"고맙다."

"내 이름은 홍수빈. 애들은 물빈대라고 하지."

홍수빈? 표정도 얌전하고 태도도 차분하고…… 인상이 임호랑 비슷하다, 많이. 오탁구는 임호 생각에 한숨이 나온다. 십 년 동안 모아놓은 재산을 하루아침에 도둑맞은 듯 새삼스럽게 마음이 허전해 진다.

덩치 큰 두더지 과 한 아이가 홍수빈 어깨에 무너지듯 팔을 걸며 오탁구에게 말을 건다.

"너 좀 생겼다. 몸도 좋고. 너 좀 놀았지?"

홍수빈이 두더지에게서 어깨를 빼내며 맞장구친다.

"맞아, 그래 보여. 껌 좀 씹은 티가 나. 이름은?"

이름 때문에 애들한테 쉽게 보인 적이 여러 번 있다. 올 것이 왔다. 신고식을 해야만 다음 과정으로 넘어갈 수가 있다. 되묻지 않도록 하기 위해, 호흡을 한번 정리한 다음 쉼표를 찍듯이 정확하게 이름을 말해준다.

"오 탁 구"

고개를 갸웃하면서 서로를 쳐다보는 애들의 얼굴에 짓궂은 표정이 스멀스멀 피어난다. 주변의 애들이 모여든다.

홍수빈이 대표로 물어본다.

"오, 탁, 구?"

오탁구는 고개를 끄덕인다.

"레알?"

"헐, 쩔어!"

"탁구? 구자가 돌림이니?"

"히히… 농구, 배구, 야구, 축구 또 뭐 있지?"

오탁구는 어차피 한번은 겪어야 할 관문이라서 당해주기로 한다.

"정구, 피구, 영구땡칠이 도구 핫도그"

'이 재수탱이들을 그냥!'

오탁구는 눈에 힘을 준다.

홍수빈이 나선다.

"야, 그만들 해. 이름이 개념 있고 좋은데 뭘."

점심 급식을 하고 오후 수업을 다 마칠 때까지 제 자리를 지키고 앉아있긴 했다. 이 학교엔 기숙사가 없다. 계속 다닐지 어떨지 그건 오늘 밤 집에 가서 다시 한 번 생각해 보기로 한다. 아까 홍수빈에게 어깨를 걸고 말을 붙이던 두더지가 따라 붙는다. 집이 같은 방향인가? 계속 따라 온다. 집 앞이지만 두더지에게 쪽문으로 들어가는 꼴을 보이는 건 너무 쪽팔리는 일이라서 그냥 지나친다.

"야!"

제로다.

두더지가 그 소릴 못 들었기를 바라면서 오탁구는 제 자리에 선다.

"뭐냐, 저 인간?"

생각보다 두더지는 귀가 밝은 것 같다.

"알 거 없어."

오탁구는 돌아선다.

"알 거 없긴 마. 나 오탁구 아빠다."

제로가 손가락을 까딱까딱 까분다.

두더지가, 맞아? 하는 표정으로 오탁구를 쳐다본다. 오탁구는, 짜증스럽게 쪽문을 발로 차며 들어선다. 두더지가 뒤에 따라 붙는다.

"안녕하세요?"

"어서 와라. 이름은?"

"강동호요."

"강동호. 그래. 니들 배고프지, 내가 라면 끓여줄게 쫌만 기다려라."

제로가 허둥지둥 라면 물을 올리고, 라면 세 개를 꺼내서 입으로 봉지를 뜯는다. 라면 알맹이가 튀어서 바닥에 떨어진다. 강동호가 그걸 주워서 제로에게 준다.

"보기보다 민첩하구나. 탁구 좋아하니?"

"네?"

"아, 오탁구 말고 이거 좋아하냐고 이거."

제로가 쉐이크 핸드 라켓처럼 생긴 라면 면발을 들고 탁구 치는 시늉을 하고 있다. 강동호가 큭큭 웃으며 오탁구에게 말한다.

"난 운동은 완전 노잼. 넌?"

얘, 좀 둔한 거 같다. 운동으로 단련된 이 근육과 민첩성. 이 몸의 이 솔직한 이력서가 보이지 않다니, 난 네가 더 노잼이다. 오탁구는 입맛을 쩝, 다신다.

"운동 하면 좋은 게 많아. 민첩성이 생겨서 유사시에 다치지 않을 수 있고, 근육도 생기고 몸매도 다듬어지고. 살도 빠지고."

강동호는, 이 아저씨는 왜 나한테 약을 팔고 있나, 하는 표정이다.

"자주 와라."

"네, 시간이 나면요."

애는 분명 두더지 과이다. 방과 후에 학원에 가는 거 같지도 않다.

"알바 하니?"

"네, 그런 거 비슷한 거 해요."

제로가 강동호의 어깨를 잡고 말한다.

"그래. 뭐든 열심히 한다는 건 좋은 거지. 젊어 고생은 사서 한다는 말도 있잖니."

오탁구는 저절로 인상이 써진다. 성질대로 라면 '너나 잘하세요!' 라고 제로에게 면박을 주고 싶다.

"암튼 자주 와라, 난 네가 맘에 든다."

강동호가 오탁구를 보며 흐흐 웃는다.

제로는 라면을 퍼주고 햇반도 끓는 물에 데워 상 위에 올려놓는다. 강동호는 햇반을 쏟아 국에 말아 정신없이 퍼 먹는다. 변죽이 좋은 건지, 강동호는 식사를 마친 후에도 갈 생각을 하지 않고 있다.

"나 좀 쉬어야겠어. 그만 가줄래?"

"낼 보자."

오탁구는 앉은 자리에서 그냥 "어!" 하고 제로가 현관문을 열어 배웅해준다.

"괜찮은 애 같다. 잘 관리해라. 아빠가 다리 놔준 거 잊지 말고."

오늘 첫 시간은 수학이다. 취침 조인 두더지들은 잠잘 채비를 하고 불침번 조인 개구리들은 자세를 바로 잡고 떼창 준비를 한다. 담임이 목소리를 가다듬는다.

와이는 이엑스 제곱 플러스 삼 엑스 마이너스 오……."

흡사 야채장수의 호객 소리 같다. 평생 저 짓만 반복 재생하고 있을 테니 얼마나 질리고 넌덜머리가 날까. 선생도 어쩌면 지겹고 졸려서, 졸지 않으려고 노래를 부르고 있는지도 모른다. 하품 나온다. 정신이 몽롱해지면서 눈꺼풀이 내려앉는다. 두더지가 되려는 전조증상 같다. 오탁구가 두더지라니, 오탁구는 고개를 젓고 담임이 방금 한 소리를 작은 소리로 읊어본다.

"와이는 이 엑스 제곱 플러스 삼 엑스 마이너스 오……."

선생이 호객 행위를 멈춘다. 개구리들의 소리도 뚝 끊기고 교실엔 정적이 감돈다. 취침 조에서 하나 둘 고개를 쳐들기 시작한다.

두더지들이 불쑥 불쑥 일어난다. 네 마리, 다섯 마리, 여섯 마리……

오탁구는 속으로 외친다.

'왜 일어나, 더 자, 더 자라고 이 두더지 새끼들아!'

선생이 오탁구를 바라본다. 마커를 손에 든 채 손등으로 자기 이마를 문지르고 있다.

"어, 전학…… 오탁구!"

개구리들, 오탁구에게로 시선 집중!

"넌 왜, 우리 교복으로 바꿔 입지 않는 겨?"

"이 학교 교복이 없어서요."

"그려?"

담임이 고개를 갸우뚱 한다. 네 아빠가 교복을 전해주지 않던? 이라고 물을 차례 같은데, 담임은 다시 칠판으로 고개를 돌린다.

"와이는 이 엑스 제곱 플러스 삼 엑스 마이너스 오."

그건 방금 풀어 놓은 문제인데 이어나가면 될 것을, 왜 처음부터 다시 풀지? 수학을 푸는 게 아니고 그냥 다 암기해서 그걸 지껄이는 건 아닌지, 누가 좀 조사 해봐야 되지 않을까?

수업 종료 벨이 울린다. 오탁구는 기지개를 켜며 교실을 빠져 나온다. 앞에서 두더지 두 마리가 낄낄 거리며 걸어가고 있다. 오탁구는 그 뒤를 따라 붙는다. 개구리보다는 두더지 쪽이 붙기가 편하다고 생각하면서.

"야 아……."

반응은 뒤에서 왔다. 오탁구는 반사적으로 뒤를 돌아본다. 그 두더지는 앞의 두더지한테 고갯짓으로 모스 부호를 타전 중이다.

'비켜! 전학생이잖아, 옆으로 비켜.'

'알았다, 친구!'

이런 사인을 교신 중이라는 감이 온다. 앞에 가던 두더지 두 마리가 오탁구를 가운데 두고 싸악, 갈라서더니 오탁구가 앞으로 가고 나자, 어깨동무를 하며 임무수행에 대한 만족감으로 낄낄 거린다. 지령을 내린, 뒤 쪽의 두더지마저 엉겨 붙어서 낄낄거린다. 오탁구는 설사가 나오려고 한다. 한동안 뜸했는데 아무래도 장염이 도지려나 보다. 스트레스성 장염이라는데 병원에 가 봐도 소용이 없다. 스스로 마음을 돌려야 하는 아주 고약한 병이다. 변기를 타고 앉자마자, 물총을 쏘듯이 찍! 소리와 함께 한줄기 설사가 나온다. 휴우, 하마터면 바지에 쌀 뻔 했다.

"전학생 말야."

전학생? 오탁구는 귀를 쫑긋 세운다.

"똥줄이 타게 도망간다, 그치?"

"똥이 급했을 수도 있지."

"쫌 논 거 같지 않냐? 몸도 장난 아니고 말야."

"관심 없는데."

"걔 말야."

"관심 꺼라? 우리 꽈 아니니까."

"이름이 오탁구래, 흐흐."

"그게 뭐 어때서."

"그래도 개념 있지 않냐?"

"뭔 개소리야?"

"이름도 튀고, 먼저 학교 교복을 그대로 입고 다니잖아."

"개념은 무슨, 돈이 없어서 교복을 못 사 입나보지. 아니면 학교를 때려 칠 생각이던가."

"그래?"

"그럴 걸?"

'저 좆만 한 자식이!'

오탁구는 휴지를 두루루 만다. 급하게 말다보니 휴지가 너무 많이 풀려 나왔다. 다른 때 같으면 다음 사람이 쓰도록 반을 뚝 잘라 뭉쳐 놓는데, 지금은 그럴 시간이 없다. 두둑하게 접은 휴지뭉치로 대충 닦고 부랴부랴 옷을 추워 올리고 벨트를 묶을 새도 없이 튀어 나오면서 소릴 지른다.

"아니거든!"

없다, 두더지들이 그새 땅굴을 파고 다 숨어버렸다.

오탁구는 혼잣소리로 푸념해본다.

"애들아! 사실은, 교복 사 입을 돈이 없어서 이 걸 입고 다니는 거란다. 이런 내 형편, 너희들은 이해되니? 솔직히 이 학교를 다녀야 할지 말아야 할지 헷갈린다. 진짜."

오늘은 여선생이 교문에서 복장 검사를 하고 있다. 얼굴도 예쁘고 인상도 좋게 생겼다. 선생이라기보다 교생 같은 느낌이 난다. 손짓으로 부르는데, 선생은 자기가 오히려 미안해하는 것 같다. 오탁구가 바짝 다가서자 선생이 긴장하며 눈을 크게 뜬다.

오탁구는 구십 도로 몸을 숙여 인사한다.

"안녕하세요?"

선생이 턱을 목에 붙이고 상체를 뒤로 빼면서 피한다.

"너, 전학 온 지 한참 된 거 같은데?"

"청노루 맑은 눈에 도는 구름."

"너 지금 뭐하고 있는 거니?"

"시요."

"뭐?"

"박목월인가요?"

"얘 좀 봐. 너 일부러 교복을 바꿔 입지 않는 거지?"

"잘 모르겠는데요?"

"모르긴 그걸 네가 모르면 누가 알아?"

"글쎄요?"

"아이 짜증 나."

선생이 자세와 목소리를 바꾼다.

"다시 물을게. 제대로 대답해. 너 왜 교복 안 바꿔 입는 거니!"

"교복을 아직 못 샀거든요."

"니네 담임 샘이 교복을 준 걸로 아는데?"

아, 쪽팔려. 이 모멸감을 어찌 하오리!

"너 기억 못하나본데, 너 전학 오던 날 나는 교무실에 있었어, 애."

그럴 리가, 선생은 지금, 교무실에서 들은 이야기를 퍼트리지 않는다는 점을 이야기 하고 있는 중일 것이다.

"그건 저랑은 상관없는 일이에요."

선생이 떼를 쓰듯이 소릴 지른다.

"내가 봤다잖아. 니네 담임 샘이 네 아빠한테 교복 주는 거를!"

실랑이 하는 사이를 틈 타, 복장이 불량한 애들이 쏜살같이 교문 안으로 들어간다.

선생은 자기 실책으로 한 골 먹은 골키퍼처럼 당황하고 있다.

"번호 대봐!"

"아빠 핸드폰이요? 기억이 안 나는데요."

"충고 하나 할게. 선생님과 말할 땐 공손한 태도로 답해. 알겠니?"

"잘 모르겠는데요."

"너 정말 이럴 거니?"

"제 태도 어디가 불손하다는 건지를 모르겠다는 겁니다."

"그만 하자. 너 앞으로 내 앞에서 말할 땐 그놈의 '그럴리가요'나 좀 빼고 대답해라. 그건 할 수 있지?"

"노력해 볼게요."

선생이 풋, 하고 웃음을 날린다.

"다시, 너 핸드폰 번호 대봐."

그 사이, 치마 짧은 아이들 세 명이 선생 옆을 지나서 막 뛰어간다. 선생이 그 애들을 쫓아가려다 그만둔다.

"휴대폰 없어?"

"있죠, 당연히."

"근데?"

"요금이 끊겨서 불통이에요. 어떤 상황인지 이해되시죠? 제 가정 형편 아신다면서요."

"몰라 얘. 암튼 내일은 교복을 바꿔 입고 오도록 해라."

"그건 내일 가봐야 알겠는데요?"

"그건 또 무슨 동문서답이니!"

"내일은 내일의 태양이 뜬다, Tomorrow! Tomorrow's sun will rise."

오늘 따라 혀가 잘 굴러간다. 이럴 줄 알았으면 영어를 좀 더 열심히 해둘걸 그랬다.

강동호가 문자를 날리며 걸어오다가 손을 번쩍 든다. 오탁구도 한 손을 들어준다.

"넌 왜 한 번도 네, 라고 대답을 하지 않고 빙빙 돌려 말하니."

"네,라고 대답해야할 질문이 한 번도 없는데, 무턱대고 네, 할 수는 없지 않겠어요?"

"제발 네,라고 대답하란 말야, 이 자식아!"

선생이 서류 뭉치를 들고 오탁구의 머리를 내리친다.

순간, 휴대폰 불빛이 터진다.

"찰칵!"

강동호가 휴대폰을 들이대며 낄낄거린다.

"방금 폭행하셨습니다, 홍보라 쌤."

선생이 인상을 쓴다. 교복에 붙인 명찰을 보고 강동호의 학번과 이름을 적는다.

"오리걸음 반 바퀴. 불만 없지?"

"감사하죠, 홍보라 쌤. 히히~"

강동호가 윙크까지 날린다.

"넌 두 바퀴, 알았어?"

"예쑬!"

오탁구는 깔끔하게 대답해준 뒤 운동장으로 간다.

이름이 홍보라구나. 홍보라, 홍보라, 발음해본다. 알사탕을 입에 문 것처럼 달콤한 기분이 든다.

몇 살일까, 무슨 과목일까?

오탁구는 하루 내내 홍보라 쌤 생각만 하다가 책가방을 싼다.

교문을 나서는데 강동호가 와서 어깨를 건다.

"어이, 친구 갈 데가 있네."

'내가 왜 니 친구야?'

무게 한 번 잡아주고, 어깨에 얹은 강동호의 팔을 털어낸다.

"홍보라 쌤이 너 데려오래."

"……?"

"싫음 말고."

"그럴 리가. 어딘데?"

강동호가 오탁구를 데려 간 곳은 학교 옆 분식집이다. 홍보라 쌤이 미리 와 있다.

"이쪽으로 앉아. 우리 먹으면서 얘기하자. 뭐 먹을래?"

"헤헤, 그러죠."

강동호가 제 맘대로 시킨다.

"여기 김, 떡, 순, 삼 인분하고 오뎅 삼 인분 주세요."

"좋아. 대신 너 아까 찍은 동영상, 그거 이걸로 퉁 쳐. 알았지?"

"먼저, 애한테 사과 하시는 게 순서 아닐까요, 쌤?"

"오탁구? 우리 학교에 온 걸 환영해."

홍 쌤이 가방에서 밴드를 꺼내 머리를 묶는다.

"아깐 내가 미안했어. 내 사과를 받아줘."

홍 쌤이 가방에서 진짜 사과를 꺼낸다.

"대~ 박……!"

강동호가 팔을 활짝 벌려 짝, 짝 두 번 손뼉을 친다.

홍 쌤은 계산만 치르고 분식집을 나간다.

제로는 집에 들어오지 않고 있다. 제로의 짐은 아직 묶음을 풀지 않은 것도 있다. 오탁구를 데려오기 위해 지금 살고 있는 집을 얻었다는 느낌이 든다. 아무려나 그런 건 상관이 없다, 학비와 생활비만 해결이 된다면.

수업은 따라가기 버겁고 흥미도 없긴 하지만 안 다니는 것보다는 나을 것 같아서 계속 다니기로 마음을 굳힌다. 교복이 필요하다. 탁구복은 스폰을 많이 받았는데, 교복은 그런 게 없어서 아쉽다. 방법이 없다. 고민해보았지만 뾰족한 수가 없다.

망설이고 망설이다가, 이 말 저 말 썼다가 지운 후 배에 힘을 팍 주고 제로한테 카톡을 보내본다.

교복 맞춰 주세요.

답이 없다. 염치없이 대놓고 요구한 게 후회된다. 취소하고 싶다, 카톡은 보내기는 너무 쉬운데 지울 수 없는 게 흠이다. 밴드 같으면 수정도 삭제도 쉬운데.

카톡! 소리에 오탁구는 전기 충격이라도 받은 듯 소스라치게 놀라서 휴대폰을 본다.

콜

"대애박!"

오탁구는 주먹을 쥐고 허공을 긋다가, 다시 휴대폰을 들여다본다.

콜

휴대폰에 꽃이 한 송이 핀 듯 환하다. 갑자기 불안해진다. 제로가 콜을 제대로 이해하고 사용한 건가?

카톡이 온다.

지난번 만났던 그 음식점 앞으로 와라, 지금

"아싸 아!"

오탁구는 휴대폰에 쪽, 하고 입을 맞춘다.

학교 끝나면 오라고.

끝났어요, 지금 갈게요.

새 교복을 맞춰 입고 집을 나선다. 마음이 붕붕 뜨고 어깨가 저절로 펴진다. 당당하게 교문을 들어서고 싶은데, 오늘은 교문에 지킴이가 없다. 힘이 빠진다. 이 시간에 카톡이나 문자가 올 리 없는데도 괜히 휴대폰을 보면서 교문 앞에서 머뭇거린다. 수업 벨이 울리고 오탁구는 아무 소득 없이 교실로 들어간다.

인증 샷을 찍는 애도 있고 교복 빵이라며 한 대 먹이는 애도 있다. 지금까지는 오탁구를 방귀 뀐 놈처럼 대하더니만 오늘은 꽃을 든 사람 대하듯 한다.

담임이 들어온다.

"어? 이게 누구야. 교복 모델 해도 되겠다, 야."

오탁구가 이 학교에 마음을 굳힌 걸 축하해주고 있다는, 담임으로서의 격려일 거라는 게 느껴진다.

새 교복을 입었다고 갑자기 수학이 새롭게 이해되는 것도 아니고, 다른 날보다도 몇 배는 더 쉬는 시간이 기다려진다. 쉬는 시간마다 아래층 교직원 화장실 앞에 가서 얼쩡거렸지만 홍보라 샘은 코빼기도 보이지 않고 괜히 다리만 생고생 시키고, 오늘도 어제보다 더 의미 없는 하루가 지나간다.

2장

제로(zero)는 제로(無)

대문 앞에 차가 시동을 켠 채 멎어 있어서 오탁구는 밖을 내다보았다. 제로는 서 있고 운전석에서 어떤 아줌마가 내렸다. 스웨터를 어깨에 묶고 선글라스를 머리에 걸친, 멋쟁이가 제로의 어깨에 매달려 볼키스를 했다.

멋쟁이가 떨어져서 씽끗 웃어주고는 돌아섰다.

"갈게~"

"운전하느라 애썼어. 피곤할 텐데 가서 쉬어."

"어, 낼 봐."

차가 떠나자 제로가 휘파람을 불며 계단을 올라왔다. 오탁구는 뭔가 모르게 부글부글 끓어올랐다. 현관문이 열리자마자 찬물을 끼얹듯이 공격했다.

"바람 났어요?"

"뭐?"

"귀 잡쉈어요?"

"남의 페이스 간섭 말고, 너는 네 트랙이나 잘 도셔."

집주인 아주머니가 올라왔다. 월세를 석 달 치나 밀렸다고, 자기 전화는 받지 않으니 아빠에게 그렇게 전하라고 말했다.

어떻게 그럴 수가 있는지, 오탁구는 너무 미안하고 쪽팔렸다.

제로에게 카톡을 보냈다.

집세 내세요!

제로는 카톡을 읽고도 아무 대답이 없다.

"멍개 해삼 말미잘…… 병신 쪼다 등신…… 개뻑다귀 십구탱이 좆나씨발……!"

오탁구는 한바탕 욕을 퍼부었지만 해결 된 것은 아무것도 없었다.

집주인이 마당에 물청소를 하면서 개를 막 야단치며 신경질을 부렸다. 당장이라도 올라와서, 아빠에게 집세 얘기 했냐고 다그칠 것만 같아서 오탁구는 또 카톡을 보냈다.

석 달이나 안 냈다면서요!

여전히 답이 없다. 오탁구는 화가 머리끝까지 치밀어 올랐다.

"나 보고 어쩌라고!"

오탁구는 자신이 점점 괴팍스러워지는 느낌이 들었다. 예전에는 속상하거나 화나는 일이 있으면 임호에게 털어놓고 탁구 치고 하면 웬만큼은 가라앉았다는 게 새삼스럽게 기억났다.

오탁구는 집을 나와 무작정 개천 변을 따라 걸었다. 풀꽃도 피고 바람도 상쾌했지만 집세 걱정이 머리에서 떠나지 않았다. 혹시 하고 수 차례 휴대폰을 들여다보았지만 문자는 오지 않았다. 제로는 처음부터 오탁구를 거둘 생각이 없었던 것 같다. 그런데 오탁구가 전학을 가지 않으면 퇴학당하게 생겼다는 걸 알고 방을 얻은 것 같다. 처음부터 집에 들어오지 않은 것도 그렇고. 몇 개 되지 않는 짐을 풀지도 않은 것도 그렇고. 보증금을 내주고 월세방을 얻어주면 자기가 알아서 살 테지, 라고 계산했을 수도 있다. 그렇다면, 집세 내세요, 라는 요구를 제로는 들어줄 마음이 없을 것 같았다. 자기는 이 집에 살지도 않으니까 말이다.

이런 생각을 하면서도 오탁구는 제로에게서 문자가 왔나 하고 연신 휴대폰을 들여다보았다.

용변도 급하고 목도 말라서 근처 초등학교로 들어갔지만 외부인이 출입을 할 수 없게 현관문이 통째로 잠겨 있었다. 세상은 점점 더 악랄하게 통제되고 제어된다는 생각이 들었다.

집에 돌아왔더니, 쌀과 라면 그리고 봉투에 약간의 용돈이 들어 있었다.

메모가 적혀 있었다.

당분간 집에 안 들어올지도 모르니 신경 쓰지 마라.

집세는요?

라고 썼지만 보내지 못했다. 냈으면 냈다고 하지 않을까, 싶어서다. 확실하지 않을 때는 늘 안 좋은 쪽의 예감이 맞은 경험이 오탁구를 불안하고 자신 없게 했다.

집주인은 오탁구를 보면 혀를 끌끌 차며 괜히 대문에 묶여 있는 개를 야단쳤다. 오탁구는 가급적 집주인 눈에 띄지 않기 위해서 조심했다. 현관문을 열고 나오다가도 집주인이 마당에 있으면 도로 들어가고, 학교에서 오다가도 담 밑에 몸을 숨이고 있다가 들어가고, 잼싸게 계단을 오르내리고, 집안에서도 쥐 죽은 듯이 조용히 있었다. 집주인의 목소리가 들릴 때마다 신경이 곤두섰다. 탁구부 합숙소에서 생활할 때도 이렇게 긴장하고 눈치보고 죄 지은 마음으로 살지는 않았다.

'원단은 변하는 게 아니라고, 캡틴이 그렇게 읊어댔는데…….'

오탁구는 이곳에 온 게 몹시 후회가 되었다.

방학 때 국영수 보충수업을 한다고 했다. 담임은 오탁구에게, 수학은 제치더라도 영어와 국어를 웬만큼 하니까, 이제부터라도 열심히 해서 전문대라도 갈 생각을 하라고 했다.

보충비를 어떻게 하나요, 당장 먹을 것도 없는데?

이 말이 목구멍 속에서 치밀어 올랐지만 오탁구는 그냥 가만히 듣고만 있었다.

오탁구는 요즘, 산 입에 거미줄 친다는 관념적인 이 말이 어떤 것인지 체험하고 있는 중이다. 쌀과 김치는 벌써 떨어졌고 돈도 완전 바닥이 나서 당장 이번 달 휴대폰 요금을 낼 돈이 없다. 제로에게 연락을 해보았지만 답이 없다. 더는 버틸 수가 없다.

치사하지만 제로에게 또 사정해보는 수밖에 없어서 카톡을 넣는다.

연락 주세요. 안 그러면 실종 신고 들어갑니다.

답이 없다. 진짜 걱정된다. 통화 버튼을 누른다. 신호는 가는데 받지 않는다.

제로에게 보낸 카톡을 자꾸 들여다본다. 카톡의 1자가 지워진다.

나는 잘 있으니 걱정 마라.

이게 다인가? 언제 온다든지, 아니면 돈을 좀 부쳐 주겠다든지 해야 하지 않는가 말이다. 정말 치사하고 더럽다.

하루에 급식 한 끼로 연명한 지 사흘째다. 방학이 되면 이제 그것도 땡이다.

먹을 거라곤 아무것도 없다. 부탄가스마저 떨어져서 라면을 끓일 수도 없는 지경이 되었다. 정말 산 입에 거미줄 치게 생겼다.

진짜 막막하다.

오탁구는 자신에게 다짐을 한다.

"오탁구! 역시 제로는 제로(無)다. 이제 그만 썩은 동아줄을 놓아버리고 알바 자리를 찾아보자."

방학이 하루 앞으로 다가왔다. 교실 분위기는 축제 전야처럼 흥분에 휩싸였다. 여행 간다, 서울로 특강 받으러 간다, 병원 예약이 잡혀 있다 등, 주말 포함하여 주어지는 황금 같은 일주일을 어떻게 쓸 것인지를 이야기하느라 난리가 났다. 오탁구는 자신의 섬에 놀러온 캠핑족을 보고 있는 느낌이 든다.

문자가 온다. 모르는 번호다.

오탁구?

오병만 씨에 대해 할 말 있음.

교문 앞에서 5시에 보자.

경찰? 빚쟁이?

괜히 떨린다. 중간에 빠져나갈까, 학교에 숨어 있다가 나중에 갈까?

아니다, 차라리 무슨 일인지 빨리 만나는 게 낫겠다.

수업이 끝났다.

일방적으로 치고 들어온 사람을 미리 가서 기다린다는 건 자존심이 상하는 일이라서 도서관으로 간다.

5시 5분이다. 심호흡을 크게 한번 하고 교문 쪽으로 걸어가는데, 이 사람이구나 싶은 남자가 눈에 들어온다. 서 있는 폼도 순하고 옷도 순하게 입었다.

'사채업자도 아니고 형사도 아냐.'

오탁구는 일단 이렇게 단정을 내리며 남자 앞으로 다가간다.

"문자 보내셨어요?"

"어."

"나와 줘서 고맙다."

그가 손을 내밀었지만 오탁구는 그 손을 잡지 않는다. 제로와 연관된 사람은 일단 경계하고 보는 게 안전하지 싶다.

"너, 진짜 오병만 씨 아들 맞아?"

예전에 큰 스님 앞에 갔을 때, 제 아들이랍니다, 라고 말했던 게 생각난다. 오탁구는 그 말투로 대답해 본다.

"그렇대요."

"아닐 수도 있다는 거니?"

오탁구는 재수 없다는 표정을 실어 그쪽을 꼬나봐준다.

남자가 싱겁게 웃는다.

"미안. 너, 탁구 치는 거 맞니?"

탁구?

일단 넘어온 공은 받아치는 게 탁구의 베이직이다. 딱 봐도 '선출'은
아니다.

"몇 부 치세요?"

"5부."

오탁구는 자신도 모르게 코웃음이 나온다.

"넌?"

"됐고, 본론으로 들어가죠?"

"좋아. 우리 어디 가서 이야기 하자."

"여기서 말하세요. 오병만 씨가 왜요?"

"저기, 있잖아……."

남자가 버벅거린다.

"용건이 바뀌었어. 네 아빠 말고 너에게로."

"……?"

"난 네가 맘에 들어. 넌?"

"뭐가요?"

"내가 어떠냐고."

"변태세요?"

"야, 초면에 좀 심하지 않니?"

"신고 들어갑니다."

"자꾸 그렇게 세게 나가지 마, 야. 우리 어디 가서 뭐 좀 먹으며 이

야기 하자.”

“됐고요. 용건을 말씀 하세요, 오병만 씨가 어쨌다는 건데요?”

“별일 아냐, 연락이 안 되어서…….”

오탁구는 꾸뻑 인사를 하고 돌아선다.

“내 러브콜에 답을 안했잖아.”

“5부라면서요? 난 하수하고 사귈 맘 없어요.”

그가 명함을 내민다.

“마음 바뀌면 연락해라.”

오탁구가 받지 않자, 억지로 손에 쥐어주고 나서, 어깨를 한번 만져
주고 돌아선다.

꿈다락 탁구클럽

고상수

010-2020-2020

“이공이공, 이공이공?”

오탁구는 소리 내어 발음하다가 깜짝 놀란다. 2020은 도쿄올림픽
이 열리는 해이다. 우연이거나 다른 의미일 수도 있는데, 내가 왜 이
러지. 오탁구는 그 명함을 구겨서 버린다.

편의점 야간 알바 일을 시작했다.

시간이 갈수록 일은 익숙해졌는데 새벽 네 시만 되면 잠이 쏟아진
다. 참을 수 없을 정도로 졸려서 엎드려 잤다. 문이 열리면 자동적으
로 몸이 일어나지니까 상관없을 줄 알았다. 휴대폰이 울렸다. 점장이
었다. 그렇게 졸다가 손님이 다 집어가도 모르겠다고 한방 놓았다. 미

안했고 자존심도 상했다. 잠을 쫓아내는 비법이 있는지 인터넷 지식인에 물었다. 익숙해지면 괜찮을 거임. 피할 수 없다면 견뎌라, 라는 말이 생각 났다. 때려치우려고 했다. 그런데 점장이 유통기한 지난 스파게티 두 개를 데워 와서 한 개를 줘서 먹었다. 너무 맛있었다. 하루만 더 일하기로 했다. 이튿날 교대 시간이 되었다. 점장이 유통기한 지난 도시락을 두 개 챙겨 주었다. 그만 둔다는 말을 하지 못했다. 점장은 날마다 유통기한 지난 음식을 두 개씩 주었다. 그걸 돈으로 환산하면 한 시간 시급이었다. 좀 더 열심히 했다. 밤에 졸릴 때 컵라면 한 개씩 먹어도 좋다고 했다. 이렇게 고마울 데가, 이래서 사람들이 별거 아닌 직장에도 뼈를 묻을 각오로 충성을 바치나 보다, 하는 깨달음을 얻었다. 오탁구는 최선을 다해 일하기로 마음먹었다. 새벽 네 시에 도시락을 한 개 먹고 밖에 나가서 운동을 했다. 새벽 네 시에도 졸리지 않아서 빛나는 눈빛으로 손님을 대했다. 오탁구는 편의점 알바 체질이 되어가고 있었다.

운동한 몸이라서 체력과 근성이 믿을만하다며 길게 가보자고 점장이 제안했다. 원래는 세 사람이 8시간 씩 교대를 했는데 이제 점장과 둘이서 12시간 씩 맞교대를 하자고, 야간 수당을 좀 더 얹어주겠다며, 저녁 8시부터 아침 8시까지 근무해달라고 했다. 편의점 시급 알바가 다 똑같은 줄 알았는데 그런 방법이 있었다니, 오탁구는 주전선수가 된 기분이었다.

다 먹고 살려고 하는 건데 알바 유니폼이나 운동선수 유니폼이나 다 생각하기 나름이지 뭐, 하면서 알바로서의 근성을 가지고 기분 좋게 일했다. 출근 시간도 정확하게 지키고 손님이 없을 때에는 음료수

병과 판매대의 먼지를 닦았다. 가게는 보다 안정적으로 돌아갔고 물건도 더 많이 받아서 유통기한 지난 도시락은 하루에 세 개를 먹을 수 있게 되었다. 출근해서 한 개, 새벽 네 시에 한 개를 데워먹고 한 개는 가져가서 집에서 먹었다. 삼시 세끼를 다 편의점 도시락으로 해결할 수 있어서 쌀과 반찬 걱정은 물론 설거지나 음식물 쓰레기 버릴 일이 없어 좋았다.

고객들과도 안면을 터서 서로 인사를 주고받는 사이도 생겼다.

고객들은 평범한 고객, 진상 고객 이렇게 두 부류라고 생각했었다. 그런데 요즘 전금자 씨라고 친절한 고객도 한 명 생겼다. 서로 통성명을 한 건 아니고 택배를 맡겨서 이름을 알게 되었다.

전금자 씨는 개 사료를 사간 지 하루 지나서 그걸 다시 들고 왔다. 새벽 네 시에, 오탁구가 유통기한 지난 우동을 데워서 막 먹고 있는데 들어왔다.

"유통기한이 일주일 밖에 남지 않았잖아요?"

유통기한을 따지다니, 그것도 개 사료를? 오탁구는 온 몸에서 김이 오르며 뚜껑이 확 열렸다.

"유통기한이 아직 일주일이나 남았다고요, 그게 왜 잘못인가요?"

"한 달을 먹여야 하는데, 그럼 날짜가 지나잖아요."

오탁구는 유통기한이 적혀 있는 우동 뚜껑을 전금자씨에게 주고는 우동을 막 퍼 먹었다.

"거기 유통기한 적혀 있죠? 저는 유통기한이 지난 잔반을 하루 세 개씩 먹고 있어요. 내 상태가 이상해 보이나요?"

전금자 씨가 벙찐 얼굴로 변했다. 그러더니 들고 왔던 개 사료를 도

118

로 가져갔다.

잠시 후, 오탁구는 잘못했다는 생각이 들었다. 일주일을 기다렸다가 날짜가 지나면, 납품업자에게 반품 하면 될지도 모른다는 생각이 뒤미처 들었던 것이다. 다음에 오면 사과해야지 했는데 다음날 전금자 씨가 포메리안을 안고, 직접 만들었다는 샌드위치를 들고 나타났다. 샌드위치는 맛이 없었지만 안에 넣은 양상추와 토마토가 싱싱하기는 했다.

그날 이후부터 오탁구가 야식을 먹을 시간이면 전금자 씨는 포메리안을 안고 나타났다. 포메리안도 올빼미 과인지, 눈을 말똥말똥 뜨고 이것저것 관심을 보이고, 풀어 주면 콩콩 뛰어다녔다. 전금자 씨는 다른 고객이 있을 때는 씨씨 티브이를 구경하고 고객이 없을 땐 포메리안의 귀를 장난삼아 잡았다 놓았다 하면서, 오탁구에게 말을 걸었다.

"안 졸려? 그만할 때 난 완전 잠보였는데."

자기가 묻고 자기가 대답하는 식이었다. 이쪽에서 대답을 하지 않아도 서운해 하거나 뭐라고 하지 않았다. 원래 그런 스타일인지, 오탁구에게만 그런 건지, 그건 알 수 없었다.

그런데 얼마 전에는 닭발을 볶아왔다. 편의점에서 사간 뼈 없는 매운 닭발인데 그걸 볶아서 프라이팬 채 들고 왔다. 맛있어서 막 먹었다. 그런데 전금자 씨가 옆에서 소주를 홀짝홀짝 마시더니 주정을 했다. 자기가 오래 전에 이혼을 하면서 아들을 두고 나왔는데 그 아들이 오탁구 또래라는 것이었다. 오탁구는 기분이 확 나빠졌다. 엄마가 만일 이러고 다닌다면 용서 못할 일이었다. 다시는 우리 가게에 먹을 거 갖고 찾아오지 말라고 막 소리 질러서 내쫓아버렸다.

새벽 네 시만 되면 전금자 씨가 생각나면서 속이 부글부글 끓었다. 도시락을 데울 때 전자레인지에서 풍기는 냄새를 맡을 때까지는 음식을 먹는다는 기대감으로 진정이 된다. 그러나 도시락을 다 먹고 일회용 용기를 버릴 때면 어김없이 우울감이 찾아든다. 나는 언제까지 이런 가짜 그릇에 든 화학약품 비슷한 냄새가 풍기는 음식을 먹어야 하나, 하고.

개학을 했지만 학교에 가지 않았다.

담임에게서 등교하라는 문자를 두 통 받았다. 그 문자를 보자, 개구리들의 떼창이 들렸고 가슴이 답답해졌다. 이 학교에 들어가면서, 공부를 해보기도 전에 대학을 포기한 것에 대한 후회가 남을지도 모른다는 생각을 한 적이 있었다. 그러나 막상 수업에 골고루 참석하고 보니 역시 그 바닥에도 주전과 삐꾸가 존재한다는 것을 알았다. 오탁구는 죽었다 깨어나도 인문계 고교에서 주전이 될 수 없다는 것을 뼈저리게 실감했다. 수학시간은 생각만 해도 진저리쳐진다. 다시 그 소굴로 돌아가고 싶지 않다. 담임의 문자에 답문자도 보내지 않고 무시해버렸다.

점장과 교대를 하고 있는데, 반장과 강동호가 편의점으로 찾아왔다. 그들은 담임이 보낸 전령이었고 학교에 나오라고 설득했다. 자퇴할 거라고 오탁구가 말했다. 전령은 실망 하면서 돌아갔다.

나중에 후회한다고 학교로 돌아가라고 점장이 충고했다.

그 일이 있은 후, 12시간 맞교대할 알바를 구한다는 광고가 편의점 유리문에 붙었다. 한나절 만에 그 종이가 떨어졌고 후임으로 제대 군인이 들어왔다. 유통기한 음식을 먹긴 했지만 여기는 생애 첫 밥벌이 하던 곳인데, 이렇게 한나절 만에 잘리다니, 오탁구는 무지 허탈했다.

담임에게서 또 문자가 왔고 오탁구는 정중하게 답신을 보냈다.
"자퇴하겠습니다!"
직접 와서 얘기하라고 해서 학교에 갔다.
담임은 간단하게 상담을 하고는 진학진로 상담 선생님에게로 오탁구를 인계했다. 상담실에서 MMPI - A 검사지에 마킹을 했다. 오탁구는 중병환자가 된 기분이었다. 그 상담내용에 대해 별다른 언급은 없었고, '학업 중단 숙려기간 2주' 선고가 떨어졌다. 그 기간 동안 학교에 가지 않고 청소년상담복지센터 등에서 3회 이상의 상담을 하면 출석으로 인정해주고, 만일 기간이 종료된 이후 학교 복귀 의사를 밝히면 학교 적응을 지원한다는 거였다.
이후 2주가 지나고, 자퇴동의서에 부모님 도장을 찍어서 제출해야 자퇴 처리가 완결된다고 했다. 절차가 그럴 뿐, 사실 상 자퇴가 된 것이나 마찬가지였다.
상담실을 나오는데 극심한 피로가 엄습했고 스트레스가 바이러스처럼 온 몸에 퍼졌다. 이런 고강도의 스트레스가 누적되어서 암에 걸릴지도 모른다는 생각이 들었다.
내가 원한 일인데 왜 이렇게 우울한 거지?
'학업 중단 숙려기간 2주' 때문인 것 같았다. 그것은 죄 값을 치러야 하는, 불명예스러운 올가미였다. 성폭력 전력으로 전자발찌를 찬 기분이 이럴지도 모른다는 생각이 들었다.

기분이 아주 더러웠다. 제로 생각이 났다.

자퇴하기로 했어요.

제로는 카톡을 읽었는데도 아무 대답이 없다.

숙려기간 2주가 지났다.

제로에게 카톡을 보냈다.

집에 좀 와주세요. 자퇴를 하려는데 부모 동의서가 필요해요.

자퇴를 허락한다. 내 도장은 내 방 장롱 박스에 있으니 사용하도록!

뭐가 이렇게 간단하지. 오탁구는 제로와의 관계가 지우개로 싸악 지워지는 느낌이 들었다.

담임은 더 이상 토를 달지 않고 자퇴를 허락했다.

수속을 마치고 교정을 나오는데, 강동호와 홍수빈이 다가와 양쪽에서 호위하여 교문까지 따라와 주었다. 그 애들이 손을 흔들며 학교로 들어가는 걸 보면서, 오탁구는 기분이 이상해졌다. 갑자기 바퀴가 한 개 빠져버린 것처럼 삶의 균형이 흔들리는 느낌이었다. 만일 가정환경만 좀 안정되었더라면 그냥 다녔을 텐데 하는 회한이 일었다. 가슴이 아팠다.

교복을 벗는데 기분이 묘했다. 이 교복을 입을 때만 해도 제로가 세상에서 가장 가까운 0순위의 혈육이 되는 건가보다, 하는 기대감이 있었다.

'결국 이렇게 남남으로 돌아가는 구나. 무한대보다도 더 먼 완전 남

남으로.'

오탁구는 등교 첫날 교복을 찢으며 대들던 때가 떠올랐다. 뭘 믿고 그렇게 성질을 피웠을까 하는 자괴감이 밀려왔다. 그때 이미 제로는 오탁구를 아들로 거둘 생각이 전혀 없었는지도 모르는데, 김칫국부터 퍼 마신 자신이 한심하고 부끄러웠다.

"오탁구 해삼 멍개 말미잘 붕신 삐꾸 낙오자⋯⋯"

오탁구는 자신에게 욕을 퍼부어 대면서 교복을 다시 집어 들었다. 찢어 버리려고 하다가 마음을 돌렸다.

교복을 빨아서 꼼꼼하게 다림질을 했다. 전에 찢어버린 그 교복주인이 이런 마음이었을까, 그런 생각이 들었다. 교복을 옷걸이에 걸어 놓았다.

"미안하다. 새 주인 만나서 행복하게 지내라."

먼저 받은 것 돌려드립니다.

이렇게 메모를 써서 교복을 담임 앞으로 부쳤다.

학교에서 상담하러 오라는 연락이 왔지만 가지 않았다. 상담 선생님이 집으로 오겠다고 했고 당연히 거절했다. 다 끝났으므로 서로 꼭 볼일은 없는 거였다.

오탁구는 일자리를 알아보고 있는 중이다. 나이는 고등학교 2학년, 처지는 일반인. 이런 어정쩡한 신분의 사람에게 사회는 호의적이지 않아서 쉽게 일자리를 얻을 수가 없다.

강동호에게서 만나자는 연락이 왔다. 상담 샘이 보내는 전령 같은 느낌이 들긴 했지만, 한번은 만나줘야 할 것 같아서 나갔다. 뜻밖에도 강동호와 홍보라 샘이 함께 있었다.

홍보라 샘이 밝은 목소리로 말했다.

"화이팅!"

미리 시켰는지 음식이 푸짐하게 나왔다. 셋은 음식 먹는 데에 열중했다. 오탁구는 뜨거운 오뎅 국물이 자꾸 당겼다. 홍 샘이 오뎅을 따로 한 그릇을 주문해서 오탁구 앞에 놓아주면서 따뜻한 눈빛으로 조언해 줬다.

"기왕에 자퇴를 할 거면 제대로 해. 무엇을 할 건지 목표를 정하고 그 목표에 따라 시간을 써. …… 암 것도 안하고 있으면 더 힘들어. 몸을 움직여. 알바를 하든지 여행을 하든지."

진심이 담긴 충고다.

홍 샘이 이렇게 의젓한 면이 있었나? 딴 사람 같았다.

홍 샘이 포크에 순대를 한 개 찍어서 오탁구에게 건네며 장난스럽게 물었다.

"수포자, 영포자 라는 말 들어봤어?"

"네?"

"수학을 포기하면 대학 포기, 영어를 포기 하면 인생 포기. 이런 뜻이야."

강동호가 대신 설명해주었다.

"흐흐, 난 수포 영포야. 그렇지만 내 인생 날 샜다고는 생각 안 해. 왜냐하면 남들이 포기 하는 걸 내가 할 생각이거든."

"인정."

홍 샘이 강동호 말에 고개까지 끄덕였다.

"근데 영어는 좀 잘할 필요가 있어요, 샘. 요즘엔 배 밭 일꾼들도 맨 외국인 노동자들이라서 영어를 모르면 서로 불편해요."

강동호는 그런데 가서 알바를 하나? 그런덴 알바비를 많이 주나?

오탁구는 영어 대신 알바비에 더 관심이 꽂혔다.

*

집주인이 방을 비워달란다. 원래 6개월로 했는데 4개월 동안 월세를 한 번도 내지 않았다고. 오탁구는 알겠다고 말해버렸다.

일단 제로에게 알려야 할 텐데.

죄송해요, 아빠. 집주인이 방을 빼라고 하는데 어떡하죠?

이런 식으로 문자를 넣어볼까? 이건 아닌 것 같다. 급하고 중요한 일이니까 통화를 해야 하는데, 네가 알아서 해라, 라고 하면?

오탁구는 강펀치를 날려보기로 한다.

방 뺍니다.

알았다.

기가 막혀서 말이 안 나온다. 한 숨 돌리고 나서 생각해보니 제로는 이미 집주인에게 집세 독촉을 받아왔을 테고 집주인은 더 이상 못 봐주겠다고 통고 했을 것 같다.

이사 갈 다른 집을 알아봐야 하는 건지, 아니면 이번에도 제로가 있는 곳으로 이사를 가야 하는 건지, 물어보고 싶지만 기다려보기로 한다.

이틀이나 지났지만 여전히 연락이 없다. 더 미룰 수는 없어서 오탁구는 원룸이라도 알아보기로 했다. 그렇더라도 집안의 살림을 처리해야 해서 카톡을 보낸다.

짐 가져가세요.

중고상에서 사온 거다, 거기에 내다 팔아라.

중고상에 팔라는 말밑에 다시는 연락하지 마라 이 말을 썼다가 지웠을 지도 모른다는 생각이 든다. 오탁구는 혹시 하고 기다린 자신에게 화가 치민다.

연락 하지 마세요.

숫자 1이 지워졌는데 답이 없다. 한방 더 먹여준다.

내 번호 지우라고요!

알았다!

"개 쩔어, 좆나 씨발……."

오탁구는 휴대폰에서 '제로'를 삭제 시켜버린다. 그것만으로는 분이 안 풀린다. 이대로 영원히 안 보고 살고 싶다. 제로에게서 완전 분리하려면 그 성부터 갈아엎어야 한다. 이름도 바꾸고 싶다.

지식인에게 물어본다.

'미성년자 개명하는 법'

구비해야 하는 서류가 복잡하다. 부모의 동의가 필요한 게 아니라, 부모가 직접 개명 신청을 해야 한다니, 대략난감이다.

집을 비워주기로 한 날짜가 목을 조이듯이 다가오고 있다. 밤에 잠자리에 드는 것도, 아침이 밝아오는 것도 무섭다.

오늘은 토요일이고 월요일엔 집을 비워줘야 한다. 더는 버틸 수가 없다. 고시원엘 가든지, 찜질방엘 가든지 아무튼 이 집을 비워줘야 한다.

"헌옷이나 중고 가전제품 삽니다. 티브이 냉장고 세탁기 컴퓨터 010 7358……."

오탁구는 전화를 건다.

짐을 몽땅 처분했다. 제로와의 짧은 동거의 추억도 함께 싹 쓸어버렸다.

오탁구는 후련한 마음으로 개명에 대하여 곰곰이 궁리를 해본다. 왜 진작 그 문제를 생각 못했을까, 그동안 그렇게 놀림을 받고 공격을 당했으면서. 오탁구는 자신이 한심해진다. 더 늦기 전에 이름을 정말 개명하고 싶다. 새 이름을 달고 새로운 사람들을 만나 새롭게 살고 싶다.

그러나 아무리 생각해봐도 캡틴과 임화정 시인밖에는 떠오르는 사람이 없다. 임화정 시인은 아들이 없어서 이런 부탁하기가 부담스럽다.

오탁구는 캡틴에게 카톡을 보낸다.

저 개명하고 싶습니다. 도와주세요.

초조하게 휴대폰을 들여다본다. 1자가 지워졌는데도 답장이 없다.

괜히 보냈다는 후회가 든다. 지울 수 있으면 지워버리고 싶다.

카톡!

오탁구는 전기에 감전된 듯이 기겁을 하며 휴대폰을 들여다본다. 강동호이다.

친구, 잘 지내지?

잘 못 지내네, 친구

하마터면 강동호에게 이사 갈 거니까 이제 오지 말라고 말하는 걸 잊어버릴 뻔 했다는 생각이 퍼뜩 든다. 그 이야기를 하려는데 카톡이 또 온다.

그것참 잘 된 일이네, 당장 체포하러 갈 거임.

오면 오고 말면 말고, 답장을 보내지 않는다.

내려와라

밖에 나가니, 트럭이 한 대 서 있다.

"타."

오탁구는 운전석에 대고 꾸뻑 인사를 하고 올라탄다.

"오탁구, 너를 현행범으로 체포한다. 묵비권을 행사 할 수도 있고 변호사를 선임할 수도 있다."

실실 웃으며 농담을 하는 강동호를 보니 오탁구의 기분이 좀 환기된다.

불과 오 분 남짓 지나자 배 밭이 나타난다. 비스듬하게 언덕이 진 야산 전체에 배가 심어져 있다. 그 배 밭을 끼고 돌아 언덕 위에 창고와 집이 나타나고 차가 멈춘다.

강동호를 따라 집 안으로 들어가니 안에는 할머니가 있다.

"인사해. 우리 엄마 아빠."

강동호가 시키는 대로, 오탁구는 일단 인사를 하긴 했다.

"어서 와라. 혼자 지낸다고 해서 저녁이나 먹으려고 불렀다."

"네, 감사합니다."

오탁구는 뜻밖의 호의가 당황스러워서 강동호를 바라본다.

동호가 엉뚱한 제안을 한다.

"너 우리 배 밭에서 일 좀 도와주라. 할 수 있지?"

"뭘 해야 하는데? 난 밭일을 해본 적이 없어."

"그냥 막일이야. 할 수 있어. 그죠 아빠?"

"글쎄다. 힘들진 않지만, 약값이 더 들어가는 건 아닌지."

"아닐 걸요? 얘 이래봬도 탁구 선수출신이래요."

"그래?"

"메달도 많이 따고 외국도 많이 갔다 왔다나 봐요."

이런 이야기를 어디서 알게 되었지? 오탁구는 의심쩍은 눈으로 강동호를 쳐다본다. 강동호가 어깨를 한 번 들었다 놓는다.

"탁구를 계속 했으면 좋았을 걸, 잘 하게 생겼구만, 어쩌다가……."

"아빠, 그만 하세요. 이젠 지난 일인 걸요."

"아, 알았다. 하여간 잘 왔다. 그럼 당분간은 여기서 일을 거드는 걸로 하자."

"네, 할아……죄송합니다."

"죄송하긴, 할아버지를 할아버지라 부르는데 뭘. 앞으론 아빠라고 부르렴, 친구 아빠도 아빠니까,"

강동호가 그렇게 하라고 옆구리를 찌른다.

"네. 아빠는 좀……아버님이라고 부를 게요."

"편한대로 하렴."

강동호 아버지는 인자하고 도량이 넓은 분 같다. 오탁구는 용기를 내어 자기 처지를 의논해보기로 한다.

"저기……."

"말해, 왜?"

"여기서 먹고 자고 일할 수 있을까, 해서요."

"마침 잘됐다. 그렇잖아도 외국인 노동자를 썼었는데, 다른 데 취직해서 가버렸어."

"네, 그렇게 하겠습니다. 감사합니다."

오탁구는 일단 급한 불은 껐다 싶어서 속으로 안도의 한숨을 내쉰다.

"그렇잖아도 추석 준비로 일손이 달려서 애먹었는데 아주 잘됐다. 내일 당장 이리 오렴. 일꾼 방이 비어 있으니 그리 옮기면 돼."

오탁구는 허리까지 숙여 감사함을 표시했다.

캡틴에게서는 답이 없다.

나 같은 애는 완전히 잊은 건가? 별 미친놈을 다 보겠네 하고 무시하는 건가? 다른 사람이 읽어봤나? 죽었나?

이런 생각을 하다가 오탁구는 카톡 창을 연다.

죄송해요, 다시는 그런 문자 보내지 않겠습니다, 라고 썼다가 보내지 못하고 삭제한다.

일찍 나온 것 같은데, 벌써 할머니들이 배를 따서 노란 상자에 담고 있다. 할머니 일꾼들은 허리가 굽고 다리도 벌어졌는데 일손이 빨라서 금방 상자를 채운다. 오탁구와 강동호는 그 상자를 들어다 미니 밴 (가지가 늘어진 배 밭 속을 다니는 작은 차)에 싣는 일을 한다.

라디오 방송이 흘러나온다. 내용을 들어보니 청주 mbc 방송이다. 확성기를 통하여 온 들판 전체로 퍼져나간다.

"야이야야 내 나이가 어때서 사랑엔 나이가 있나요"

할머니들과 아버지 그리고 강동호까지 죄다 이 노래를 따라 부른다.

"세월아 비켜라 아아 내 나이가 어때서……"

신명이 지핀 강동호는 양손에 배를 들고 춤을 춘다. 할머니들도 춤을 춘다. 지역의 특산물을 갖고 나와서 홍보하던, 전국노래자랑에서 본 장면이 연출되고 있다. 홍 샘과 만난 자리에서 강동호가 했던 말도 생각난다. 수포 영포 했다고, 수학을 포기 하면 대학을 포기한 거고, 영어를 포기하면 인생을 포기한 거라고 하지만 자신은 그렇게 생각하지 않는다고 했었다. 강동호는 자기 진로를 스스로 잡아나가고 있는 것 같다. 솔직히 다시 봤다, 부럽다.

하루 일을 마쳤다. 안 하던 일을 해서 몸이 좀 고되긴 하지만 저녁도 먹을 수 있고 잠잘 자리도 생겨서 마음이 좀 놓인다.

문자가 들어온다. 전에 살던 집의 집주인이다.

퇴거 해가요!

퇴거? 이게 뭐지?

주소를 다른 곳으로 이전하라는 소리이구나, 이해한다. 죄 지은 사람처럼 가슴이 마구 뛴다. 이 아줌마 목소리는 꿈에서도 듣고 싶지 않은데, 다 끝난 줄 알았는데 아직도 볼일 남아 있었다니.

재촉 당하기 싫어서 일단 답을 한다.

알겠습니다. 죄송합니다.

어디로 해야 하지? 난감하다. 또 캡틴 생각이 난다. 캡틴에게서는 연락도 없는데, 어려운 일이 생길 때마다 자동적으로 캡틴이 떠올리는 자신이 한심해진다.

저녁을 먹고 난 후에도 할 일이 있다. 배 선별작업을 하는 것이다.

같은 밭, 같은 품종의 신고 배 인데도 그 상품가치가 천차만별이다. 일일이 저울에 올려 무게를 달아서, 흠집 없이 잘 생기고 큰 놈을 골라 선물 상자에 담고, 나머지는 무게에 따라 13, 15, 22 이렇게 가려서 상중하 박스에 담는다. 그리고 나머지는 '파치' 박스에 담아 즙을 짜는 용도로 처리된다.

운동선수도 마찬가지라는 생각이 든다. 올림픽 메달리스트, 국가대표, 상비군, 실업팀, 삐꾸.

오탁구는 속으로 중얼거린다.

'오탁구, 삐꾸! 낙오자, 인간 파치!'

몸이 녹초가 되었지만 오탁구는 잠이 오지 않는다.

어쩌다 탁구를 그만두고 인간 파치 신세가 되었는지!

어디로 주소를 옮겨야 할지, 휴우……!

한숨만 나온다.

탁구를 이대로 끝내는 것은 비겁한 짓 아닐까, 김형기 감독이 보기 싫어서가 아니라, 사실은 임호나 임화정 시인에게 미안해서 탁구를 그만 둔 것은 아닐까, 내가 가장 잘 할 수 있는 일은 역시 탁구가 아닐까, 오탁구는 머릿속이 너무 복잡했다.

오탁구는 밤새 잠을 한숨도 못자고 새벽에 일어났다.

아무래도 탁구를 다시 해야 될 것 같다고 강동호 아버지와 의논을 했다.

강동호 아버지는 아주 진지하게 조언해 주었다.

"잘 생각했다. 어려서부터 지금껏 해온 게 그 일이고 전국 대회에서 상도 탔다며 끝을 봐야지. 늦었다고 할 때가 가장 빠르다는 말도 있잖니?"

"네."

"탁구부가 있는 학교로 전학을 가는 것이 제일 좋겠지, 합숙소가 있으면 더 좋겠고. 그러나 그게 여의치 않거든 여기서 다니도록 해라. 그것쯤이야 못 도와주겠니?"

"아버님, 감사합니다."

오탁구는 탁구를 어떻게 시작하면 좋을지 방법이 떠오르지 않아서 머리를 굴려본다.

청구고에 편입을 한다면 받아줄까? 다른 탁구부는?

떨리고 두렵기만 하다.

카톡! 오탁구는 소스라치게 놀란다. 집주인이다.

퇴기 해가라니깐요!

넵!

도둑질 하다 들켜도 이렇게 두렵지는 않을 것이다. 오탁구는 배에 힘을 팍 주고 캡틴에게 카톡을 보낸다.

도와주세요, 샘!

집주인이 퇴거를 하라는데 방법이 없어요!

너무 염치가 없다. 그래서 심장이 마구 쿵쾅거린다.

알았다. 걱정마라.

"오······!"

오탁구는 주먹을 쥐고 무릎을 꿇는다. 경배를 올리듯이, 의식을 치르듯이 하늘을 본다. 눈물이 나온다.

눈물을 닦으며 카톡을 보낸다.

감사해요, 샘!

보고 싶어요, 라고 썼다가 이건 지운다.

탁구를 어떻게 시작할까, 이리저리 궁리를 해본다.

얼마 전에 학교로 찾아왔던 고상수라는 사람이 떠오른다. 명함을 버려서 전화번호는 모르지만 꿈다락 클럽이라는 것은 기억이 난다. 114에 물어서 꿈다락 탁구클럽 번호를 땄고 고상수 씨를 만나고 싶다고 하자, 토요일 오후 4시에 와보란다.

오탁구는 이런 저런 생각을 해본다.

탁구장에서 먹고 자고 하면서 학교에 다니는 방법은 없을까, 생활 탁구인에게 레슨을 해준다든지, 아니면 졸업한 후에 다시 와서 코치를 해주기로 하고 장학금을 받는 방법도 괜찮을 것 같은데.

1장

상처의 민낯

토요일, 오탁구는 시간 맞춰 꿈다락 탁구 클럽에 찾아갔다.

탁구장 입구에 웬 남자가 서 있다. 작업복에 코가 뭉툭한 작업화를 신은 노동자 차림의 젊은 남자. 고상수는 아닌 것 같아서 오탁구는 클럽 안으로 들어가려는데, 그가 다가온다.

"오탁구?"

"누구…… 세요?"

남자가 모자를 벗는다. 긴 앞머리를 뒤로 넘기며 나야, 하는 듯이 얼굴을 든다.

"강수?"

그가 고개를 끄덕이면서 아무렇지도 않은 듯 대답한다.

"맞아."

"어떻게 네가, 어떻게 여기서 너를……."

너무 놀라서 오탁구는 꿈인 듯하다. 반가움보다도 그 차림새 때문에 더 그렇다.

강수가 이렇게 무너질 줄은 정말 몰랐다. 워낙 썬 파워니까, 집안이 좋고, 어쨌거나 해결사 어머니가 계시니까, 했었다. 그런데 그게 아니었던 모양이다.

강수가 안타까운 시선으로 오탁구를 바라본다. 아무래도 임호 이야기를 하고 싶은 가보다.

'노터치, 아직도 그 부분은 곪고 있다, 피 딱지를 뜯지 마라, 제발.'

오탁구는 어깨를 들어 올리며 크게 한숨을 내쉰다.

강수는 겉도는 인사만 건네고 있다.

"암튼, 반갑다."

"그래, 반갑다."

강수가 오탁구의 팔소매를 끈다. 고상수 씨를 만나려고 했다는 말을 숨기고 오탁구는 그냥 강수를 따라 가기로 한다. 그는 다음 주에 와서 혼자 만나지 하고.

깨끗한 계단에 강수의 발자국이 찍힌다. 접착력이 우수한 탁구화만, 그것도 미즈노나 요넥스 같은 고가의 브랜드만 신던 애였는데……

임호 생각이 머리에서 떠나지 않는다. 잊고 있었는데 임화정 시인은 어떻게 지내는지 그것도 궁금하다.

한편 생각해보니까, 강수는 어쩌면 임호가 그런 지경에 이르도록 막지 못한 이유를 오탁구에게 물을지도 모른다는 생각이 든다. 워낙 말이 없는 애니까 그렇지 자기만 같아도 그렇게 물어봤을 것이다. 좀 더 신경을 썼더라면, 그랬더라면 임호가, 또다시 큰 한숨이 나온다.

강수는 여기 무슨 볼일로 왔을까?

오탁구는 강수에게 직접 물어본다.

"근데 너 여긴 왜 왔어, 그 차림으로?"

강수가 고개를 숙이며 시선을 땅바닥에 내려놓는다.

"뭐하고 지내?"

강수가 주차장을 가리킨다.

"내 자가용이야."

그 곳에 바퀴가 세 개 달린 오토바이가 한 대 세워져 있다. 그 위에는 물건을 싣기 좋도록 나무 박스가 부착되어 있고, 박스 안에는 주둥이에 음식물 찌꺼기가 묻어 있는, 파란 플라스틱 항아리가 얹혀있다. 저런 통에 음식물을 수거해 가는 것을 본 적이 있다. 저건 아마도 잔반통일 것이다.

'얘가 그럼 돼지 농장에서 일하나?'

"쳇 어이 상실이네 진짜!"

"충격 먹었나보구나."

'당연하지, 인마.'

오탁구가 꼬나보자, 강수는 시큰둥한 표정을 짓더니 주머니에서 담배 갑을 꺼내든다. 한 개비를 입에 문 채 오탁구에게도 한 개비 권한다.

"필래?"

오탁구가 그걸 받아서 땅바닥에 대고 발로 문댄다.

"우린 아직 고2야!"

"자퇴 했거든! 난 학교 다닐 때도 피웠거든!"

"그래, 네 똥 칼라다 씹새야, 됐냐!"

오탁구가 욕을 하자, 강수가 놀란 표정을 지으며 말한다.

"갑자기 웬 삐꾸 코스프레? 하던 대로 해라, 적응 안 된다."

"그 재수탱이 얘기는 왜 꺼내고 그래. 토 나오게."

"그래도 그때가 좋았어."

"레알?"

"레알."

"삐꾸 때문에 인생 스크러치 났으면서 그런 소리가 나오냐?"

"그땐 역동적이었다고나 할까…… 존재감이라고나 할까 후련하고 시원하고 그랬어."

"하긴, 담배 피우고 패싸움 하고 그럴 때, 의기투합해서 반항하는 스릴, 쾌감 그런 걸 공유하는 맛도 있었겠네, 맞냐?"

강수가 씨익 웃는다.

강수는 삐꾸하고 앙숙이면서도, 전지훈련 중에 소주를 먹었다든지 다른 학교랑 패싸움이 붙었다든지 할 때는 대부분 둘이 주동이 되어 그 현장에서 붙들리곤 했다.

중학교 때의 일이다. 삐꾸가 담배 피우다 학교 학주한테 걸렸는데 경고만 먹고 끝났다. 얼마 안 있어 강수도 배웠고, 둘이 피우다 캡틴에게 걸렸다. 폭설이 내리는 한밤중에 탁구부 전원을 팬티바람으로 운동장에 집합시켜 놓고 캡틴이 일장 연설을 했다.

"우리 사회에는 아직도 직업에 귀천이 있다. 의사, 변호사, 판사, 검사. 이 사람들은 아무렇게나 행동을 해도 절대 아무렇게나 취급받지 않아. 왜냐하면 이들은 대개 일류 대학을 나왔기 때문이지. 이 사회에서는 일류대학을 나오면 일단 그 사람도 일류라고 등급을 매기거든.

그러나 운동선수는 성공을 해서 어떤 위치까지 올라가도, 아무렇게나 행동을 하면 머리가 비어서 그렇다고 하지. 그런 소리 안 들으려면 일반인보다 더 반듯하게 행동하란 말이다."

그 후로도 강수와 뻐꾸는 여전히 담배를 피웠다. 캡틴은 버르장머리를 고쳐 놓는다고 심하게 두들겨 팼고, 뻐꾸는 엉덩이의 근육이 파열되어서 병원에 입원했다. 뻐꾸 아버지가 학교로 찾아왔다. 뻐꾸의 아빠도 탁구선수 출신으로 김형기 감독과 동기이며 캡틴의 선배였다.

그는 레슨하고 있는 캡틴을 야구방망이로 두들겨 팼다.

"이 새끼가 세상 무서운 줄 모르고 까불고 있어, 한번만 더 올 아들한테 손댔단 봐라."

뻐꾸가 퇴원해서 학교에 나타났다. 캡틴은 자기가 맞은 야구방망이를 쥐고 담판을 지었다.

"너 맞을래, 담배 끊을래."

뻐꾸는 무릎을 꿇고 빌면서 다시는 담배에 손대지 않겠다고 약속했다.

강수가 담배 갑을 오탁구에게 준다. 다시는 피우지 않겠다는 항복의 의미 같다. 오탁구는 그것을 받아서 주머니에 넣고 주먹을 쥐어 내민다. 강수도 주먹을 쥐어 그 주먹에 댄다.

강수가 헬멧을 쓰면서 오탁구에게도 한 개 준다. 좀 헐겁다. 강수가 다시 가져다가, 가장자리에 수건을 둘러서 오탁구에게 씌워주고는 대가리를 툭 때리며 묻는다.

"맞냐?"

헬멧은 좀 헐겁지만 오탁구는 그냥 쓰기로 한다.

"여기 타면 되냐?"

라고 하면서 오탁구는 오토바이에 올라탄다.

오토바이는 읍내를 벗어나서 과수원 길을 지나고 농로를 지나고 다리 위를 달린다. 다리 아래로는 강물이 유유히 흘러가고 있다. 오탁구는 절 아래 호숫가에서 물고기에게 먹이를 주던 어린 시절이 생각난다. 강을 건너 산길로 들어선다. 길 양쪽으로 하늘이 보이지 않을 정도로 벚나무 가로수가 우거져 있다. 나무숲을 뚫고 들어서자, 야트막한 산이 펼쳐져 있고 산발적으로 여기 저기 묘지가 나타난다. 산모퉁이를 돌자 더 많은 묘지가 보이고, 불쾌하고 찐득한 냄새가 풍긴다. 견사가 나타나고 오토바이가 그 마당으로 들어선다. 마당을 가운데 두고 양쪽으로 여러 칸의 칸막이가 설치되어 있으며 개들이 이상한 조합으로 들어있다. 애완견 그룹도 있고 송아지만한 개들이 대여섯 마리씩 감금되어 있는 칸도 있다. 애완견 그룹은 패망한 나라의 공주 같은 몰골이다. 철망은 녹슬었고 개들의 목에는 목줄이 아예 없다. 낯선 침입자를 발견한 개들은 철망 사이에 앞발을 올려놓고 송곳니를 드러낸 채 짖어댄다.

강수가 오토바이 시동을 끄고 운전석에서 내린다. 오탁구는 헬멧을 벗어 들고 따라 내린다. 여차하면 헬멧으로 방어할 생각인 것이다. 개들이 짖어댄다. 입술을 까뒤집고 송곳니를 내 보이며 짖는다. 갇힌 분노에다가 탈출하고 싶은 욕구 그리고 집단의 세까지 합해져서 끝장을 보고 말 것처럼 광분하여 날뛰고 있다. 개들의 조상이 늑대라던데, 만일 철망이 뜯어진다면 놈들은 내 멱을 단숨에 끊어 놓을 것이다. 이런 생각을 하며, 오탁구는 놈들과 눈을 마주치지 않으려고 고개를 돌린다. 주먹을 꼭 쥐고 호흡을 조절하며 가급적 빠르게 발걸음을 옮겨 놈들의 사정거리에서 벗어난다.

휴우~!

한숨을 쉰다.

강수는 비닐 앞치마를 입고 자루 달린 바가지와 함지를 들고 플라스틱 독으로 가서 내용물을 퍼 담고 있다. 내용물은 잔반인줄 알았는데, 맨드라미꽃 같은 벼슬과 종기처럼 불거진 눈알이 붙은 닭대가리와 뭉글뭉글한 닭기름 덩어리들이다. 바가지에서 떨어진 오물이 오탁구의 신발 코에 들러붙는다.

"우이 씨!"

오탁구가 성큼 발을 내딛는다. 개가 짖는다. 돌림노래를 하듯이 짖어대고 사납게 나댄다. 산 개 냄새와 죽은 닭 비린내가 짬뽕이 되어 사육장에 번진다. 오탁구는 이목구비 전체가 불편하다. 총체적 난국이다.

"쉬이잇~"

휘파람 소리가 난다.

개들의 반응이 희한하다.

"크음."

"으음……."

앓는 소리 같기도 하고 알아달라고 응석을 부리는 소리 같기도 하다.

개들에게 그만한 위력을 발휘할 수 있는 휘파람 소리는 견사 끝 쪽의 언덕 위에서 났다. 거기, 저물어가는 석양빛을 이마에 받으며 한 남자가 서 있다. 꽁지머리다.

캡틴? 설마…….

그가 가까이 다가온다. 캡틴이 맞다!

"안녕하셨어요?"

"어이~"

그뿐이다. 오탁구의 놀란 가슴은 아직도 진정이 되지 않고 있는데 캡틴은 무심하게 견사 주변을 둘러보고 있다.

강수는 함지를 들어다 마당에 있는 솥에 붓고 장작을 들어다 화덕 앞에 부린다. 장작을 얼기설기 놓고 삭정이를 대강 분질러 놓은 다음 종이 묶음에서 종이를 여러 겹 구겨서 불을 지핀다. 불은 금세 붙는다.

화덕 앞은 불빛으로 일렁이고, 강수는 휴대폰을 꺼내 검색하면서 발로 장작을 툭툭 밀어 넣고 있다.

오탁구는 자기가 여기 오게 된 것은 이미 이들의 각본에 짜여 있었는지도 모른다는 생각이 든다.

오탁구는 강수 옆으로 가서 앉으며 따지듯이 묻는다.

"뭐냐, 이 상황?"

"보는 대로."

오탁구는 캡틴이 간 쪽을 턱짓으로 가리키며 소리를 지른다.

"뭐냐고오!"

"직책, 농장 관리인."

강수는 계속 지껄인다.

"할 일 많아. 농작물을 심지 않으면 밭은 금세 산으로 변해버리고, 멧돼지들이 산소를 마구 후벼 놓기도 하고, 산소 앞에 심어 놓은 정원수도 다 캐가고."

캡틴이 어떻게 해서 여기 오게 되었는지, 오탁구는 그게 궁금한데 강수는 현재의 상황을 설명하고 있다.

"저 개들도 캡틴 거냐?"

"우리 둘 거."

"?"

"그런 게 있어."

궁금한 게 많지만 오탁구는 더는 묻지 않고 산 쪽으로 발을 옮긴다. 비탈진 산자락엔 과일은 따내고 봉지만 씌워져 있는 과실나무가 있다. 복숭아나무다. 구례의 그 절에도 복숭아나무가 있어서 그 꽃과 나뭇잎도 잘 알고 복숭아가 언제 익는지도 안다. 복숭아 밭 고랑으로 들어가 보려는데 닭울음소리가 들린다. 시장에서 파는 죽은 통닭은 봤지만 산 닭은 본적이 없다.

닭 울음소리를 따라 가본다.

닭장은 똑같은 넓이를 둘로 나누어 놓았다. 한 칸에는 그냥 일반 닭 여러 마리가 암탉 수탉 섞여서 우글거리고 다른 한 칸에는 특이하게 생긴 닭 다섯 마리가 여유 공간을 차지하고 있다. 특이한 그 닭장 이마에, 금계(Golden Pheasant)라는 푯말이 붙어있다. 관상용으로 기르며 중국이 원산지라고 쓰여 있다.

오탁구는 중얼거린다.

"천하무적 중국, 만리장성. 철옹성."

오탁구는 강수를 건너다보며 소리 지른다.

"이 닭, 중국이 원산지네!"

"어!"

"여기서 알도 낳아!"

"어!"

"먹으면 안 돼!"

"돼!"

"관상용이라는데?"

오탁구가 다시 물었지만 강수는 아무 말이 없다.

수컷은 빛깔과 날개가 황금색으로 매우 화려하고 광택이 나는데 반해 암컷은 비둘기 색 비슷하게 생겼다. 서로 전혀 종이 다른 것처럼 보인다. 두 종류 모두 꽁지가 몸통 길이 만큼 길다. 긴 꼬리를 간수하느라 그런지 닭인데도 걸음걸이가 느리고 약간의 위엄이 있다. 만일 닭의 품평회를 연다면 단연 금계가 우승 하겠다. 닭 계의 메달리스트들 같다. 그러고 보니 딱 5명, 아니 5마리이다. 오탁구는 진저리를 치며 중얼거린다.

"5인방 새끼들."

만리장성을 허무는 것보다 5인방 놈들을 밟아주지 못하고 밀려난게 분하다.

일반 닭장으로 시선을 옮긴다. 이놈들은 닭계의 뻐꾸들 같다. 홰대에 올라 앉아 있는 놈도 있고 구덩이를 파고 들어앉아 졸고 있는 놈도 있고, 기어 다니며 땅바닥에 대고 부리를 닦는 놈도 있고, 마주보고 서서 노려보는 놈도 있다.

이놈들 중에 어떤 놈이 울었을까? 수탉만 우는 거 아닌가? 암탉도 우나? 금계가 울었을까, 일반 닭이 울었을까? 금계의 울음소리는 금빛처럼 찬란할까? 들어보면 될 테지. 오탁구는 흙덩이를 집어서 금계 닭장에 흩뿌린다.

"울어!"

144

닭들은 울지 않고 도망간다. 뭐라뭐라 꽁알거리며 도망가는 놈도 있다. 반항하는 걸까? 주전일까, 삐꾸일까? 하여간, 기회가 온다면 저 금계의 목을 비틀어서 울려 볼 테다.

캡틴과 강수가 이쪽으로 온다. 그러자 닭들이 우르르 몰려오며 아는 체 한다. 강수가 두 닭장에 모두 모이를 뿌려준다. 그 틈을 타, 캡틴은 닭장 안으로 들어가더니 단숨에 닭의 날갯죽지를 움켜쥐고 나온다. 방금 전까지 졸고 있던 놈이 벼락을 맞은 것이다.

캡틴이 견사 뒤쪽 산으로 넘어가면서 소리 지른다.

"저녁 먹고 가라."

오탁구는 강수 눈치를 본다. 강수가 고개를 끄덕인다.

"감사합니다!"

견사 뒤쪽으로 넘어간다.

이쪽은 분위기가 완전 다르다. 넓은 잔디밭에 왕릉처럼 크고 둥근 묘가 층층이 세 층으로 구성되어 있고 그 앞 넓은 잔디는 잘 가꾸어져 있다. 주변에는 멋지게 생긴 소나무들이 수호신처럼 늠름한 기상을 뽐내고 서 있다.

묘지 앞 비석에는 뭐라고 새겨져 있지만 읽을 수 있는 글자가 몇 개 없다.

"여기 묻힌 사람들 전부 강 씨야?"

"남자들만."

"그렇겠지."

"훌륭한 가문 같다. 좋겠다, 넌. 휴우…… 우리 아빠는 고아라던데……."

"훌륭한 가문 같은 소리하고 있네. 내가 고아랑 뭐가 다른데? 너도 알잖아, 우리 아빠 일 년에 한 번 보기도 힘들어. 엄마 본 지는 십 년도 넘었고."

강수가 나무를 막 꺾어대며 등성이 쪽으로 발길을 옮기고 오탁구가 뒤따른다.

집이 나타난다. 그 옆에는 커다란 창고 건물도 보인다. 강동호네 창고보다도 더 크다, 이 산엔 배 밭도 없는데.

집 안으로 들어간다. 방이 세 개나 있고 거실도 넓다.

거실 한쪽 벽면에 빨랫줄처럼 긴 줄이 쳐져 있고 그 줄 위에는 금은동메달이 무더기로 걸려 있다.

이 메달을 받느라 얼마나 많은 땀을 흘렸을까, 얼마나 많이 맞았을까. 얼마나 많이 다쳤을까.

그래도 매 맞을 때가 좋았어, 그땐 그래도 목표가 있었고 미래가 있었으니까.

오탁구는 그런 생각이 든다.

장식장 안에 탁구 라켓이 종류별로 전시되어 있다. 오래된 라켓이 오탁구의 눈을 잡아끈다.

"이건……!"

오탁구는 와락, 반가움에 라켓을 품에 안는다.

이 라켓은 청솔초 3학년 때, 그 학교가 전국대회에 나가서 우승한 기념으로 강수 어머니가 단체로 선물해준 것이다. 오탁구와 강수는 뛰지는 못했지만 선배들이 탁구부의 기를 살려 줘서 고맙다고 사줬다.

강수 어머니 생각이 난다. 올 때마다 밥을 사주고 운동복과 운동화도 사주고, 엄마 없는 오탁구와 임호를 측은히 여기시고 사랑을 주신 고마운 분이셨는데…….

강수가 화난 사람처럼 벌떡 일어난다.

"와 봐."

강수가 오탁구를 데려 간 곳은 창고다. 전등을 올리자 내부가 드러난다.

탁구대가 석 대나 설치되어 있다!

천장도 체육관처럼 높고 마룻바닥도 나무로 되어있는 것으로 보아 애초에 탁구장으로 지은 건물 같다. 집에서 탁구장을 지어줬다더니 그게 이거구나 싶다.

앞쪽에는 커다란 태극기가 붙어 있고 양쪽 벽면엔 액자가 걸려있다. 크게 확대된, 오래된 사진 한 장만 빼고, 나머지는 모두 강수 사진들이다. 모두 탁구복을 입은 사진들이다. 오래된 사진은 캡틴 젊을 때의 사진도 있다. 혼합복식에서 상을 탔는지, 남녀가 함께 목에 금메달을 걸고, 왼손엔 꽃다발을 들고 오른손은 가슴에 얹고 있다.

'이상하다, 저 사람은 엄마 같아.'

"왜?"

강수가 묻고, 오탁구는 얼른 둘러댄다.

"어, 암 것도."

'그럴 리가 없어. 엄마 일리가 없어.'

추측을 지우려고 고개를 털지만 그 생각이 머릿속에서 나가지 않는다. 사진 속에서 센 기운이 잡아끌고, 자신의 내면에서 일어난 어떤 기운과 서로 접선을 하려한다. 오탁구는 도망가듯이 다른 벽면의 사진 쪽으로 발길을 돌린다.

첫 번째 칸에 임호, 오탁구, 강수 이렇게 삼총사가 어깨를 걸고 찍은 사진이 있다. 가슴이 뭉클해진다. 오탁구는 일부러 밝은 목소리를 내며 장난스럽게 인사를 한다.

"안녕!"

"칫, 보니 좋냐?"

"우리가 그때 사진을 찍었었나?"

"울 어머니가 찍어줬잖아."

"암튼 좋다, 저 사진."

어떻게 된 일인지, 그렇게 친했으면서도 3총사 사진이 한 장도 없다. 오탁구가 스마트폰을 처음 갖게 된 것은 불과 1년도 안 된다. 요금도 부담이 되고 따로 연락할 일도 없었고 3총사는 늘 붙어 다녔기 때문에 학교에서의 급한 연락은 그 라인을 통해 전달받았다.

오탁구는 휴대폰으로 그 사진을 찍어서 들여다본다. 입김을 불어서 액정을 닦고 다시 또 들여다본다.

"잘 나왔네. 보내줄 게 폰 번호…… 대봐."

강수가 자기 휴대폰을 준다. 오탁구가 거기에 자기 번호를 입력한 다음 통화 버튼을 누른다. 오탁구의 폰에 강수 번호가 뜬다.

"이공, 이공?"

오탁구가 묻자, 강수가 변명하듯이 말한다.

"선물 받은 폰이라서 그래. 특별한 의미 없어."

"아니 의미 있어. 우리가 만으로 스무 살이 되는 해이기도 하니까."

"만 스무 살……."

"그래, 만 스무 살. 금빛 찬란한 청춘이지. 금메달만 딸 수 있다면 말야, 안 그러냐?"

오탁구의 말에 강수가 한숨을 한번 크게 쉬고는 자기 머리를 마구 헝클어뜨린다.

"암튼 네가 1번이야. 난 너에게 몇 번이냐?"

강수가 고개를 끄덕이며 대답한다.

"1번 해줄게."

오탁구와 강수 둘 다 친구의 번호를 저장하고 있다.

오탁구가 실실 웃으며 강수에게 주문한다.

"1번 눌러봐."

강수가 엄지로 1번을 누른다. 오탁구의 폰에 강수 이름이 뜬다. 오탁구가 격하게 팔로 강수의 어깨를 건다. 그러자 강수가 더 격하게 오탁구의 어깨를 걸어서 팔로 목을 비튼다. 캑캑거리던 오탁구가 이번엔 강수의 다리를 걸고 둘이 비틀거리며 이리저리 왔다 갔다 한다. 순간 오탁구는 뭔가 하나 빠진 느낌이 든다. 강수의 팔을 풀며 욕을 해 부친다.

"하, 임호……개자식……!"

강수가 한숨을 한번 크게 쉰다. 의자를 가지고 3총사 액자 밑으로 간다. 의자에 올라서서 사진의 먼지를 닦는다.

강수가 탁구대 위 먼지를 닦고 늘어져 있는 네트의 줄도 잡아 당겨서 빳빳하게 텐션이 유지되도록 고정시킨다. 아주 오래전부터 익숙하게 보아오던 풍경이다.

오탁구의 귀에 똑딱볼 소리가 들리는 듯하다.

똑딱 똑딱 똑딱…….

매우 규칙적이고 일정한 소리가 살아서 숨 쉬고 있다. 그것은 엄마의 뱃속에서부터 들었던 맥박소리다.

오탁구는 눈을 감고 소리에 귀를 기울인다. 자기 육체에서 맥박이 고동 치고 있는 소리를.

*

캡틴은 할 얘기가 있다며 오탁구를 데리고 커피숍으로 갔다.

"네 아빠가 찾아왔었다. 결혼할 상대가 생겼는데, 그쪽에서 호적초본을 떼어보더니 아들이 있다고 유부남 아니냐고 문제 삼는다더라. 네가 이름 바꾸고 싶다고 한 일도 있고 해서, 네 엄마 성씨로 한다고 했더니 좋다고 했다. 네 엄마와 의논하고 나서 곧바로 법원에 가서 개명신청 했고 허락 받았다. 이게 그거다."

오탁구는 받아든 서류를 자세히 살펴보았다.

진도야 陳陶冶

"무슨 진 씨에요?"

"여양 진 씨."

"도야는 무슨 뜻이에요?"

"인간의 소질이나 능력을 계발하여 바람직한 상(像)으로 형성하는 과정, 대충 이런 뜻이다."

오탁구는 이름도 이름이지만, 오 씨가 진 씨가 된다는 것이 좀 혼란스럽다.

"오래 고민해서 찾은 이름이다."

"이상해요. 뭔가 허전하기도 하고……"

"처음이라 그렇겠지, 너에게 깜짝 선물이 될 줄 알았는데."

＊

오탁구, 아니 도야는 긍정도 부정도 하지 않는다. 선물이 아닌건 확실하지만, 본인이 개명하고 부탁한 일 때문에 묵비권으로 버틴다.

캡틴은 도야와 강수를 불러 앉혔다.

"지나간 건 지나간 거고, 상처를 헤집는 일에 시간 낭비하지 말자, 우리."

도야는 대답을 했고 강수는 구부정하게 앉아 있던 자세를 바르게 하는 것으로 대답을 대신했다.

"지금부터 다시 탁구를 시작하기로 한다."

"넵!"

도야와 강수는 거의 동시에 대답을 했다.

"너희는 둘 다 한 때 탁구신동이었다. 탁구 선수치고 그 소리 한번 들어보지 않은 사람 없다. 이점 명심하고, 하루 일과표대로 실천해주기 바란다. 운동선수는 몸이 무기이라, 우선 몸만들기에 집중하기로 하고 내일 아침부터 조깅을 한다."

"거치른 벌판으로 달려가자 젊음의 태양을 마시자 보석보다 찬란한 무지개가 살고 있는 저 언덕 너머 내일의 희망이 우리를 부른다……"

음악소리에 눈이 떠진 도야는 벌떡 일어난다.

마당으로 나가자, 강수가 밝은 목소리로 아침인사를 한다.

"굿모닝!"

"굿모닝! 근데 저거 캡틴 애창곡인데? 그게 알람인가 보지?"

"어. 맞아."

음악테이프가 멎고 라디오 영어회화 방송이 스피커를 통하여 온 농장에 퍼진다.

강수가 앞장서서 뛴다. 집 뒤쪽으로 길을 잡는데, 구불구불 오르내림이 심하다. 도야는 숨도 차고 오금도 당겨서 뒤에 쳐진 채 조깅을 마쳤다.

아침 식사는 식빵과 삶은 계란이다. 계란을 들고 살펴보다가 한 입 베어 무는 도야를 보고 캡틴이 묻는다.

"금계 란이다, 쫌 비리지?"

"아뇨, 맛있어요."

보통 계란보다 훨씬 고소하고 쫀득쫀득하다.

캡틴이 볼박스 앞에 서고 도야와 강수도 그 앞에 선다.

"볼 박스는 하루에 한 시간씩 한다. 홀수 날은 강수가 먼저, 짝수 날은 도야가 먼저."

"네. 오늘은 짝수 날이니까 내가 먼저네?"

"알써."

도야는 레슨 테이블 앞에 서고, 강수는 볼을 가져다 혼자서 서비스 연습을 한다.

캡틴은 테이블 위에 펜홀더와 쉐이크 두 종류의 라켓을 올려놓고 들었다 났다 하고 있다.

"내가 원래 펜홀더 전형이라서…… 레슨을 제대로 하려면 같은 전형으로 하는 게 도움이 되는데."

워밍업을 하고 있는 도야를 캡틴과 강수가 유심히 바라본다.

'다친 팔은 괜찮나?'

이런 염려를 하고 있다는 것을 안 도야는 일부러 왼팔을 크게 돌려본다.

괜찮지 않다. 아직도 약간 시큰거리고 힘을 세게 주기가 겁이 난다. 자세히 보면 오른쪽 팔보다 조금 가늘다. 근육이 빠졌다는 게 보인다.

도야는 힘이 빠진다. 임호 생각이 난다.

아, 그때 내가 좀 더 현명하게 행동했더라면, 그랬더라면 임호가 그렇게 되지 않았을지도 모르는데, 지금쯤은 국가대표가 되어 올림픽 출전을 꿈꾸고 있을지도 모르는데…….

캡틴은 쉐이크 라켓을 집어 든다. 도야는 잡념을 털어내며 자세를 바로 잡고 넘어오는 볼을 받아 넘긴다.

주로 백핸드 쪽으로 볼이 들어오고 있다. 혹시라도 팔에 무리가 갈까봐 그럴 것이라고 도야는 짐작한다. 캡틴은 잔소리를 하지 않고 신중하게 볼을 준다.

청솔 초 탁구부에서 캡틴을 평가하던 말이 생각난다.

탁구 코치는 크게 세 가지 유형이 있다. 시범으로 몇 구 던져주고 잘못을 지적하는 데에 시간을 허비하는, 입으로 탁구를 치는 형. 볼을 주다가 라켓을 테이블에 얹어 놓고 휴대폰을 들여다보거나 서비스 연습하라고 시켜 놓고 나갔다 오는 딴 짓 형. 볼을 던져 주는데 주력하고 마무리 할 때 잠깐 자세를 잡아 주고 주의 주는 성실 형.

이 중에 캡틴은 세 번째 유형이라고 했었다.

도야와 강수는 각각 한 시간씩 레슨을 받았다.

캡틴이 진단을 내렸다.

"너희 둘 다, 나사 빠진 기계처럼 덜그덕 거리고 완전 엉망이구나."

"도야 팔이 근육이 붙을 때까지 당분간 게임은 하지 마라. 그리고 니들 지금 게임할 실력도 안 돼. 기본부터 다시 시작해야 돼."

볼박스가 끝난 다음에는 각자 서브 연습을 하고 첫날의 일과를 마쳤다.

다시 라켓을 잡다니, 감회가 새롭다. 어느 날 갑자기 다리가 툭 끊겨버려서, 다리 위에 간당간당 걸쳐진 버스를 타고 있는 느낌이었는데, 이제는 그 다리가 이어져서 버스가 네 바퀴를 땅 위에 붙인 것 같다.

"몇 개월동안 방치 해둬서 몸이 완전 녹슬어버렸구나. 운동선수는 몸이 기계다. 플레이가 끝나면 늘 조이고 기름칠하고 돌보도록. 그리고 지금부터 딱 백 일 동안은 감옥에 갇혔다 생각하고 집중해보자. 따라 올 수 있겠나!"

"할 수 있습니다!"

"하겠습니다."

한 달이 지났다.

볼박스 하면서 자세를 교정 하는 레슨을 받았고, 잘못된 습관을 고치는 일에 주력하면서 서비스 연습을 했다. 점점 몸에 근육이 붙고 있는 게 느껴졌다.

새로운 기술을 배웠다. 점수에 연연하지 말고 새 기술을 자기 것으로 만드는데 주력하라는 지시를 받았다.

새 기술만 잡고 있으니까 자꾸 범실이 발생해서 게임이 진지해 지지가 않았다.

손님이 왔다. 얼굴도 잘 생겼고 몸에는 근육이 탄탄하게 잡힌 삼십 대 남자다. 캡틴이 소개해 주었다.

"이분은 행복시 생활 탁구의 전설 고상수. 고1 때까지 선수 하다가 지금은 공군 조종사다."

"와우!"

"헐!"

도야와 강수의 박수를 받은 고상수 씨가 명함을 준다.

이름이 고상수이고 끝 번호가 2020…… 전에 다니던 학교로 찾아 왔던 그 사람과 이름도 같고 끝번호도 같다. 명함을 들고 멍하니 바라보고 있는 도야에게 그가 설명해준다.

"너와 강수의 스토리는 대강 알고 있다. 상처가 깊어서 탁구를 접었다는 이야기를 듣고 남의 일 같지가 않더라. 나도 그와 비슷한 일로 탁구를 접고 한때 심하게 방황 했었거든."

도야는 잠자코 고개를 끄덕인다.

"길수 형님이 너희에게 섣불리 다시 탁구 해봐라, 라고 권유하기가 겁난다고 했는데, 실은 길수 형님 자신부터 탁구계에 다시 복귀할 자신이 없어 보이더라. 그래서 내가 도와드리겠다고 하고 너네 학교로 사람을 보냈는데, 네가 탁구장으로 오지 않아서 내 계획에 차질을 빚었다. 일부러 휴대폰 끝번호를 2020으로 바꾸기까지 했는데 말야."

도야는 이번에도 고개를 끄덕인다.

"형님, 지금까지 제 이야기 모두 사실이지요?"

캡틴이 웃는다.

"자자, 지나간 이야기는 접고 진도나 나가자. 첫째, 여기 모인 4인은 한 개의 팀을 구성한다. 나는 팀장이며 동시에 도야와 강수의 전담 코치이고 상수는 부팀장, 부코치이다. 나에게 무슨 일이 생길 경우, 부팀장 체제로 이 팀이 운영된다. 자, 고상수 부팀장, 각오 한 마디 한다."

"네, 먼저 저를 부팀장으로 영입해 주셔서 영광입니다. 도야 강수, 도강 두 선수가 2020년 현해탄을 건너 도쿄올림픽에 가서 금메달을 딸 수 있도록 이 한 몸 가루가 되도록 지도하겠습니다. 그때까지 연애, 결혼 포기하고, 오직 도강 두 선수만을 위해 헌신할 것을 이 연사, 여러분께 맹세합니다. 캄, 사합니당. 동의하시면 여기에 손을!"

고상수 씨가 손바닥을 내밀었고 세 사람은 그 위에 손을 얹고 공중으로 뿌리며 파이팅을 외쳤다.

"선수들도 각오 한 마디씩 하지?"

캡틴의 제안에, 도야가 강수를 앞으로 밀었다.

"열쉬미 하겠슴다!"

"저는 강수보다 조금 더 열심히 하겠습니다."

박수가 쏟아졌고, 강수가 도야의 목을 팔에 끼고 주먹으로 치는 시늉을 하며 말했다.

"죽을래?"

"항복, 항복!"

"자 자, 그만 하고, 우리 팀 이름을 도강으로 하는 게 어때? 팀 이름까지는 생각해보지 않았는데, 아까 상수가 도강 팀이라고 하는 거 듣고 좋다는 생각이 들어서."

"에이, 거꾸로 하면 '강도' 잖아요."

"그러네. 그럼 다른 거 말해봐."

"도야, 네가 말해봐. 넌 책도 많이 읽고 별명도 잘 짓잖아."

캡틴과 강수가 서로 주고받던 공이 갑자기 도야에게로 넘어왔다. 도야는 이름이 뭐냐고 제로가 물을 때 버벅 대며 진땀을 빼던 일이 생각난다. 이름 때문에 무수히 많은 놀림을 받은 기억이 밀려들었다. 고개를 막 흔들며 좋은 이름, 좋은 이름 하다가 갑자기 어릴 때 올림픽 공원에 놀러가서 보았던 오륜기가 떠올랐다. 푸른 하늘에서 나부끼던 청홍흑백황의 동그라미 다섯 개가 수놓아진 오륜기가.

도야는 힘주어 말했다.

"오륜클럽!"

"오륜클럽?"

강수가 물었고 도야가 고개를 끄덕였다.

"오륜클럽 당첨!"

캡틴이 선언했다.

"공식적으로는 오륜클럽으로 가고 우리끼리 말할 때는 도강이라고 하자."

캡틴의 말에 모두들 고개를 끄덕였다.

"나는 토요일마다 2시에 여기 와서 '4인 토요리그'를 하기로 했어. 그 다음은 길수 형님이 오더 내리는 대로 받아서 지도해주기로 했다. 너희 각오해라. 빡세게 돌릴 거니까. 이의 있냐?"

"저희야 감사하죠, 그런데 뭐라고 불러요?"

"형이라고 불러라."

"아, 네."

"자, 자, 오늘은 첫날이니 복식으로 팀의 화합 겸 신고식을 치러보자. 코치와 선수 이렇게 팀이 되는 거다. 자, 우리 둘이 가르고, 도강, 이거 간편하고 좋네. 아무튼, 도강이 가위 바위 보를 해라."

강수와 상수 형이, 그리고 도야와 캡틴이 같은 팀이 되었다.

"아자!"

"아자 아자!"

도야와 강수의 기합 소리로 게임이 시작되었다.

상수 형은 쉐이크 핸드 라켓을 쓰며 왼손잡이다! 도야는 그게 너무 좋다. 같은 전형이니까 앞으로 좀 더 세밀하게 배울 수가 있을 것이다.

첫 세트는 11-9로 도야네가 졌다. 두 번째 세트는 가져왔고 마지막 세트는 뺏겼다.

도야는 큰소리로 "도전!"을 외쳤지만 오늘은 여기서 접는단다.

캡틴은 밖으로 나가고 상수 형은 남는다.

"도강!"

도야와 강수는 어리둥절하게 서 있다가 상수 형 앞으로 간다.

"바쁜데 언제 도야야, 강수야 부르니. 앞으로 도강 하면 무조건 집합한다, 알았지?"

"넵!"

"네!"

"말고, 다시!"

"넵!"

도야와 강수는 거의 동시에 대답을 했다.

"굿! 너희는 앞으로 복식 단체전도 나가야 하니까 한 몸처럼 호흡을 맞춰야 한다, 그 말이다. 당분간 내가 레슨을 해줄 때, 한 사람은 레슨을 받고 한 사람은 동영상을 찍는다. 내가 하는 말과 자신의 동작을 비교하면서 폼을 교정해 나가도록 한다."

'도강'은 고개를 끄덕인다.

"오늘은 도야 너부터."

도야가 볼을 받는다. 동시에 강수가 휴대폰을 들이댄다. 코치의 볼도 낯선 데다가 동영상까지 찍으니까 괜히 긴장된다. 나 한 사람 때문에 두 사람이 수고 하고 있다, 라는 생각에 열심히 해야겠다는 각오가 생긴다. 고맙다. 좋다.

백 일째 되는 날이다.

상수 형도 왔다. 백설기 떡을 사다가 초를 꽂고 자축 파티를 벌였다.

"잘들 견뎌줬다. 중간평가를 하자면 너희들은 확실히 탁구에 재능이 있다는 것이다. 지금 당장 내놔도 웬만한 실업팀 정도에는 들어갈 실력이 돼. 놀랐어."

풀어졌던 근육도 제자리를 잡았고 운동습관도 몸에 붙었지만 탁구 성적이 쉽게 오르지 않고 있다. 남의 집에 얹혀 지내는 처지로서 성적을 올리지 못하니까 도야는 자신이 무위도식하는 백수건달이라는 자괴감이 든다.

뿐만 아니라 고교 중퇴자 꼬리표를 달고 무엇을 할 수가 있다는 것인지, 소속이 없으면 아무리 탁구를 잘 쳐도 대회에 나갈 수가 없다는 것을 누구보다 잘 아는 캡틴은 아무 대책도 없이 자나 깨나 탁구, 탁구, 탁구만 잘 치라고 볶아댄다. 캡틴이 지질해 보인다. 희끗희끗 세기 시작하는 머리를 뒤로 묶고, 땀에 쩐 트레이닝을 걸친 채, 까만 날에도 빨간 날에도 탁구장에서 썩는 그. 말이 좋아 탁구 코치지, 영락없는 노숙자 몰골이다. 그러면서도 운동하던 근성은 남아 있어서, 도야와 강수가 자기 말을 듣지 않는다 싶으면 불호령이다, 군기가 빠졌다고, 맞아야 정신을 차릴 거냐고. 두 선수는 허리를 낮추고 뱀처럼 고개를 뻣뻣이 세운 채 서로를 노려본다. 방금 전까지 같은 상에 둘러앉아서 밥을 먹은 상대를 꺾고 말겠다고 공격한다. 캡틴은 흥분하여 궤변을 늘어놓는다, 내가 얼마나 훌륭하게 잘 치는가에 신경 쓰지 말고, 상대를 어떻게 골탕 먹여서 점수를 가져 오는가에 중점을 두어라. 속이 되 룰을 어기지 않는 것, 그것이 프로 게임의 본질이다, 라고.

도야는 슬럼프에 빠졌다. 어쩌면 강수 때문일 수도 있다.
이곳에 와서 게임에 붙었을 때 한 달 동안은 육대 사 정도로 도야가 이겼고 그 후부터 점점 따라붙더니 요즘엔 맞놓고 친다. 도야는 강수가 두렵다. 키가 크고 몸무게가 늘어나면서 볼은 놀랍도록 파워가 붙는데 몸은 오히려 유연해져서 전후사방 후드윅을 하며 볼을 걷어 올린다. 오전 오후 야간까지 하루에 세 파트 씩 뛰고도 야간에 한 파트를 더 뛰자고 도야를 들볶는다.
그런데다가 캡틴은 요즘 강수에게 완전 빠졌다. '실력은 올라올 때 올려야 한다'고 하면서 잔반도 자기가 걷으러 다니고 상수 형에게도 전화 걸어서 강수가 요즘 실력이 놀랍게 올라오고 있다고 자랑 질이다. 성질 피우는 것도 다 받아주고, 몸 다친다고 농기구도 못 만지게 하고 신주 단지 위하듯 모신다. 완전 극렬 '강빠'다.

도야는 요즘 체력이 완전 방전된 느낌이다. 얼마 전에 감기몸살로 심하게 앓은 후로 점점 더 가라앉는다. 강수는 게임하자고 들볶고 캡틴은 더 뛰라고 푸시하고 너무 힘들다.

캡틴은 점점 더 강수 위주로 움직인다. 강수가 요즘 밥 먹는 게 신통찮다며 오늘은 오일장을 보러 나갔다. 얹혀사는 사람은 아파도 본체만체하고 집 주인 아들은 입맛 없다고 말만해도 장을 보러 가고, 캡틴이 이렇게 얍삽한 인간인지 예전엔 미처 몰랐다. 차별이 너무 너무 심하다. 도야는 가슴 밑바닥에서 샘물이 고이듯 서운함이 솟아오른다. 그러지 마시라고 왜 차별 하냐고 말해주지 않는 강수도 밉다. 비정한 건 둘 다 똑같다.

강수가 다가와서 라켓으로 툭 친다.

"게임 안 해?"

"어."

"어? 진짜 게임 안 해?"

"싫어."

"그게 무슨 개소리냐?"

도야는 강수를 쏘아보며 눈으로 말한다.

네가 싫어, 인마. 염증 나.

"맨날 깨져서 싫어? 두 개 잡아줄게. 됐지?"

강수에게 핸디를? 도야는 할말을 잃은 채 식식거린다. 강수가 성깔을 돋우며 다가선다.

"야, 인정할 건 인정해. 너 이제 나랑 맞장 못 떠. 그러니까 오늘부터 핸디 두 개 잡아줄게."

도야는 강수를 노려 본다.

"억울하면 이겨보시든가."

강수가 도야의 팔을 잡아끈다. 도야가 그 팔을 확 뿌리친다.

"임호의 선택이 옳았던 거 같아."

"그건 또 무슨 개소리냐? 너 왜 자꾸 멍멍 짖어대냐고오!"

도야는 반응을 하지 않는다. 진짜 그런 결정을 한 임호가 차라리 부럽다.

"그렇게 임호를 못 잊겠으면 따라 가든가. ……청구고 데려다 줄게 가 인마. 옥상에서 떨어져서 대가리가 수박처럼 박살……."

강수가 도야를 질질 끈다.

"놔 이 씹새끼야."

도야가 강수를 걷어찬다. 두 대를 맞고 난 강수가 덤벼든다.

"그렇잖아도 내가 요즘 몸을 못 풀어서 근질거렸는데 너 잘 걸렸다. 새꺄."

강수의 주먹과 발길질이 무차별적으로 들어온다. 도야는 두 팔로 얼굴을 감싼다. 매 맞는 건 겁나지 않지만 얼굴이 망가지는 건 쪽팔리는 일이다.

"죽고 싶다고? 소원이라면 죽여주지."

제 분을 못이긴 강수는 3총사 사진이 들어있는 액자를 떼어다가 발로 밟는다. 유리 파편이 사방에 튄다. 강수의 주먹에서 피가 흐른다.

"다 끝내 새꺄. 불을 확 싸질러 버려야지, 씨발······."

강수는 길길이 나대며 성냥을 찾으러 돌아다닌다."

"야, 이 미친 새끼들아!"

캡틴이다.

캡틴은 허리에 손을 얹고 심호흡을 한 번 한 다음, 사건 현장을 감식하는 형사의 폼으로 깨진 액자 위를 걸어서 그 밑에 깔려 있는 사진을 집어 든다.

"네 놈 짓이냐?"

"네."

강수가 거친 호흡으로, 당연한 듯이 대답한다. 트레이닝복 여기저기에 피가 묻어있고 손등에서는 피가 송글송글 나오고 있다.

도야는 오른쪽 눈 밑이 무겁고 시야가 좁아진다. 부풀어 오르고 있다는 것이 느껴진다.

캡틴이 도야의 눈두덩을 가리키며 묻는다.

"이것도 네 작품이겠지."

"네."

"네? 아직 시작도 못 해봤는데 초반부터 이렇게 삐걱대서야 목적지까지 어떻게 함께 갈래. 어!"

캡틴은 발을 구르며 주먹을 쥔다. 도야와 강수는 이젠 죽었다 싶어서 눈을 질끈 감는다.

캡틴이 주먹을 풀고 한숨을 쉬며 말한다.

"매도 아깝다. 이놈들아. 당장 반성문 써서 제출하도록. 그거보고 나서 어떻게 할 건지 결정할거야."

도야와 강수가 집으로 들어가려고 하자 캡틴이 소리를 꽥 지른다.

"강수는 이거 치우고 도야는 에이포 용지 두 장 가져오고. 여기서 써. 여기서 써서 제출 해 당장!"

도야는 에이포 용지와 볼펜을 가져다 강수에게 주고 체육관에 엎드려 반성문을 쓴다.

탁구 실력이 안 늘어서 힘들다, 그래서 강수와 게임 하는 게 두렵다, 그런데 사실은 그것보다도 캡틴이 강수와 차별하는 게 더 두렵고 서럽다, 강수네 집에 얹혀사는 것이 점점 치사하게 생각된다, 라고 썼다.

"각자 반성문을 큰소리로 읽는다. 강수 너부터 읽어."

고교 입학해서 곧바로 중퇴한 것이 너무나 후회된다. 탁구를 아무리 잘해도 고교 1학년 중퇴 학력으로 남게 된다 생각하면 힘이 빠진다. 그래도 요즘은 도야가 옆에 있어서 힘이 된다. 지저분하고 농장일도 해야 하지만 조금만 참고 도야가 힘을 냈으면 좋겠다.

강수의 반성문을 듣고 마음을 정리할 새도 없이 도야는 자기 반성문을 읽었다.

캡틴이 참담한 표정으로 말했다.

"재주를 배우기 전에 먼저 사람이 되어야 한다. 배려에 감사할 줄 알아야지, 스승의 사랑을 저울질 해가며 옹졸하게 친구를 시샘이나 하고 말야. 도야 네가 이것밖에 안 되는 녀석이었다니, 힘 빠진다, 정말……."

캡틴이 너무나 절망스런 표정으로 한숨을 쉰다.

"또 상처를 입혔다니 미안하다. 그렇지만 나도 힘들어, 인마, 나도."

'이놈들아'가 아니고 '인마'라는 말에 도야는 갑자기 마음이 돌아선다.

도야는 무릎을 꿇고 두 사람에게 사과한다.

"잘못했어요. ……미안하다, 내가 옹졸했다."

고교 중퇴딱지를 떼기로 했다.

가장 쉬운 방법은 탁구부가 있는 학교에 편입하는 것이지만 조건이 맞는 학교가 없다. 그래서 고교졸업학력인정 검정고시를 보기로 했다. 고교과정 교재를 사다가 인터넷 강의를 시청했는데, 국영수를 따라갈 수가 없다. 그래서 중학교 교재를 사왔다. 수학은 중1 과정도 막히는 것이 있어서 먼저 초등수학을 공부해야 한다는 진단이 나왔다.

초등학교 수학교재를 사다가 풀고 있다.

"한 치의 오차도 허용하지 않는 체계가 흥미 있지 않냐?"

"어, 하니까 되네?"

강수가 물었고 도야가 대답했다.

공식을 여기 저기 붙여놓고, 짬짬이 외우면서 하루에 한 단원씩 진도를 뺐다. 두 달 만에 4, 5학년 그리고 6학년 1학기 과정을 끝내고 지금은 6학년 2학기 도형 단원을 잡고 있다. 도야는 강수보다 실력이 한발씩 앞서가고 있어서 강수를 가르쳐 주고 있다. 신난다.

강수가 물어본 문제이다.

'직사각형의 가로(8cm)와 세로(5cm)를 회전축으로 하여 각각 한 번씩 돌려서 회전체를 만들었을 때, 어느 것의 겉넓이가 더 큰지 구하시오. (원주율 = 3.14)'

이 문제를 몰라서 지식인에게 물으려고 인터넷에 들어갔다. 그런데 놀랍게도 이미 누군가가 올려놓았고 또 감사하게도 누군가가 그 해답을 달아놓았다. 오 감사! 유행가 가사처럼 스쳐지나갔던 명언이 떠오른다. 도야는 그 명언을 말해본다.

하늘은 스스로 돕는 자를 돕는다

2018년 새해 아침이 밝았다.

캡틴이 올해의 과제를 써 붙였다.

– 탁구 개인기 개발

– 대입 검정고시

– 한 달에 한 권 책 읽기. 한 달에 한 번 편지 쓰기.

그걸 보고 강수가 인상을 쓰며 말했다.

"난 3번은 포기, 넌?"

"난 안 포기."

"헐~ 네 똥 칼라다 새꺄."

"흑백 똥 싸는 놈! 웹툰 읽어. 종이 책이라고는 말 안했잖아. 그리고 연애편지 써. 지금부터 대상을 구해보자, 오케이?"

"너나 많이 해. 칼라 똥 싸는 놈아."

"많이 할 거다, 흑 백 똥을 싸는 찌질한 놈아."

말은 그렇게 하면서도 강수는 생활태도가 많이 바뀌었다. 탁구장에 오면 습관적으로 영어 녹음 버튼을 틀고, 집안 여기저기에 영어 단어와 숙어를 붙여두었다.

중학교 과정 국영수 과목을 인터넷 강의를 들으며 문제집을 풀고 있다. 80점이 넘으면 진도를 빼기로 했다. 모르는 문제는 체크 해놨다가 상수 형에게 물었다. 운동선수 출신인 상수 형이 국영수 중에 수학이

제일 자신 있다고 했을 때 설마 했다. 그런데 막히는 문제가 있어서 도움을 청했더니 술술 풀어냈다. 상수 형은 검정고시 정보도 입수해서 알려줬다. 보통 고1수준에서 출제되기 때문에 별로 어렵지 않다는 얘기를 해줄 때 강수는 주먹을 쥐며 "아오!"하고 소리를 질렀다.

토요일마다 하는 4인 리그전이 점점 재미있어진다.
처음에 여기 왔을 땐 감히 리그전은 엄두도 못 냈었는데, 지난 연말부터 핸디 세개씩 잡고 리그전을 했다. 2월에 핸디 하나 털어서 두 개 잡았는데 이젠 맞친다.
강수가 말을 걸었다.
"탁구 재미있지 않냐?"
"별로."
"재밌어 하는 거 다 알거든?"
"알면 됐거든?"

계획표대로 살기.
도야는 이것을 실천하기 위해 1월에는 임화정 시인에게, 2월에는 강동호에게 편지를 썼다. 임화정 시인은 먹을 것과 반찬을 해가지고 이곳을 다녀갔다. 그 뒤로도 가끔 그곳에서 나는 특산물을 선물로 보내준다. 강동호는 친구들과 찾아오겠다고 해서 일단 방학 때 보자고 미뤄뒀다.

드디어 중학교 과정을 다 떼었다. 고교 교재를 책상 위에 꽂아 두었다. 그동안 남들이 볼까봐 공부하고 나서 교재를 덮어두곤 했는데 이제는 보란 듯이 펼쳐놓을 수가 있게 되었다. 기분 짱이다!

이른 아침 체육관 앞에 태극기가 바람에 나부끼고 있다. 도야는 발길을 멈춘 채, 태극기를 바라본다.

오늘이 그날이구나, 엄마가 날 버린 그날.

도야는 다섯 살 때의 일이 영화의 한 장면처럼 떠올랐다. 아침 뉴스가 흘러 나왔다. 배경 화면에 유관순 누나의 얼굴과 함께 태극기 물결이 이는 걸 보다가, 엄마는 갑자기 발작을 하듯이 짐을 꾸려서 둥이를 데려다 절에 버렸다.

엄마는 왜 하필 삼일절에 날 버렸을까, 엄마는 완전한 자주 독립을 했을까? 나는 여전히 독립을 못하고 남의 집에 얹혀 지내는 신세인데.

해가 지고 도야는 직접 태극기를 내려 접어서 보관함에 넣었다.

엄마는 어디서 무얼 하며 지낼까?

머릿속으로 엄마에게 편지를 썼다. 자꾸 한숨만 나오고 생각이 이어지지가 않는다. 잘 살고 있겠지, 나나 잘 살면 되지, 나는 자가 발전기를 돌려야 해. 이제 중학교 과정도 제대로 마쳤으니까. 잘 할 수 있어, 아자, 아자!

용기를 내려고 주먹을 쥐어보지만 힘이 솟지 않았다.

홍보라 샘이 떠오른다. 편지를 쓴다. 검정고시를 준비하고 있는데 중학교 과정을 다 뗐다고.

홍보라 샘에게서 답장이 왔다. 중학교 과정 뗀 것을 축하한다고, 기회 되면 한번 찾아오겠다고.

편지를 쓸 땐 몰랐는데, 중학교 과정 뗀 것을 축하한다고 하니까 도야는 쪽팔린다. 괜히 그 얘기를 썼다, 아니, 괜히 홍보라 샘에게 편지를 썼다.

4월 검정고시 시험 공고가 났다.

홍보라 샘이 농장으로 찾아왔다. 캡틴은 물론 강수까지 귀한 손님이 오셨다고 난리가 났다.

홍 샘은 앞으로 검정고시에 합격할 때까지 도움을 주려고 왔다면서 지난 년도의 기출문제집을 선물로 내놓았다. 어떻게 진도를 나갈지 서로 의논해보자며, 도야와 강수에게 문제집을 풀어보라고 했다. 홍 샘과 캡틴은 밖으로 나갔고 도야와 강수는 문제집을 풀었다.

턱걸이로 통과한 과목이 두 개씩 나왔다.

그 정도 실력이면 가능성이 있다고, 8월 시험 때까지 앞으로 4개월 동안 매주 일요일마다 와서 시험 전 과목을 봐줄 테니 열심히 하란다.

그 소리를 듣고 있자, 도야는 이곳 학교에 전학 했을 때 교복을 얻어 입은 때가 떠올랐다. 홍 샘의 의도가 누군가에 의해 기획된 것 같은 의심이 들어서 그 호의가 받고 싶지 않았다. 공부는 그냥 자격을 갖추기 위해서 하는 것인데, 이렇게까지 신세를 져야 하나 싶어서 싫다고, 혼자 해볼 거라고 했다. 그렇지만 잘 부탁드린다고 캡틴이 말했고, 강수는 열심히 하겠다고 폴더 인사를 했다.

강수가 변하고 있다. 도야보다 먼저 책상에 앉고, 도야보다 늦게 일어난다. 냉장고에도 식탁 앞 벽에도 영어 단어와 숙어를 적은 포스트 잇이 고기비늘처럼 촘촘하게 붙어있다.

그 뿐이 아니다, 책 읽는 게 그렇게 싫다던 애가, 도서관에 가서 빌려오기까지 한다. 동생에게도 편지를 쓰는지, 호주에서 편지가 자주 오고 있다. 며칠 전에는 강수 어머니가 강수에게 전화를 걸어서 한참 통화하더니 캡틴을 바꾸라고 했다. 캡틴은 강수가 변한 것 맞다고, 탁구는 물론 공부도 아주 열심히 하고 있다고 보고 했다.

홍보라 샘이 또 왔다. 여기 오기 위해 당분간 주일학교 반사 역할도 접기로 했단다. 캡틴은 홍보라 샘 앞에만 서면 순한 양 코스프레를 하고 '쌈개' 강수는 범생이 모드로 전환된다. 쌈개는 공부시간을 늘리는 데도 탁구 실력이 점점 늘고 있다. 불가사의한 일이 아닐 수 없다.

날이 점점 더워지고 있다. 도야는 더위를 심하게 타는 체질이라서 요즘 컨디션이 좋지 않다. 강수는 이럴 때일수록 실력을 끌어올려야 한다며 게임 시간을 제멋대로 연장해서 도야를 지치게 만든다. 도야가 쉬자고 했지만 강수는 싫다고 했다. 그러자 캡틴이 대신 붙었다. 질질 끌려 갈 줄 알았는데 뺏고 빼앗기며 흥미진진한 플레이를 펼친다.

드디어 강수가 핸디를 털고 캡틴과 맞친다. 제자에게 추월당해서 쪽팔릴 줄 알았는데, 캡틴은 청출어람이니 어쩌니 하면서 좋아 죽는다.

질투심에 도야는 돌아가시기 일보 직전이다. 잠자리에 누워도 잠이 오지 않는다. 남들은 다들 자기에게 주어진 길을 잘도 찾아가는데 자기만 헤매고 있는 것 같고, 낙오자 같고 발붙일 데가 없고 외롭다.

덥다. 더워도 너무 덥다.
"아이 짜증 나. 다 때려 칠까봐……."
도야는 신경질을 내고 강수는 못들은 척 책장을 넘긴다.

"야, 깡수! 넌 안 덥냐?

"할 말이 뭔데?"

"일주일만 휴가 달라고 해보지?"

"미친, 약 먹었냐?"

강수는 책장을 소리 나게 넘긴다.

"나, 짱나서 돌겠다고, 하나밖에 없는 절친이 돌아도 좋아?"

"어."

도야는 강수의 책을 덮어버린다.

"야, 장난 아니야. 개빡친다고오!"

"아, 진짜……맘 잡고 공부 좀 하겠다는데, 새끼……."

강수가 벌떡 일어난다. 심호흡을 하고 나서 뭔가 생각하더니 다시 앉아 핸드폰을 꺼낸다. 문자를 찍어 날린다. 동시에 도야의 휴대폰에 '카톡' 알림 소리가 났다.

남이 아니라, 나를 이기는 승부근성을 갖춰야만 한계를 뛰어 넘을 수 있다. –현정화

난데없이 '드르르르륵 쿵쿵' 하고 산이 울린다. 모처럼 공부에 열중 하던 도야는 신경질이 난다.

강수는 태연하게 앉아서 설명해준다.

"불도저 작업하는 거야. 웅덩이 파기로 했거든."

"웅덩이? 연못 만들려고?"

강수가 크득크득 웃는다.

"개똥 퍼다 부으려고. 개똥 무덤 못 봤어? 그게 밭둑 아래 남의 밭까지 흘러넘쳐서 신고가 들어왔거든. 자기네 밭작물을 덮는다고 치워 달라고."

"얼마나 크게 파길래 불도저까지 와서 작업을 해?"

"까뭉개진 밭둑도 끌어올리고, 여기 저기 손볼 데가 있다나봐."

가끔 큰 돈 들어갈 일이 있을 때마다 사진으로 현장을 찍어 보내면, 호주에서 어떻게 어떻게 하라고 지시를 내리곤 했다. 그럴 때마다 캡틴과 강수는 머리를 맞대고 함께 의논하곤 했다.

일주일 째 비가 내리고 있었다.

조깅을 나서면 진흙이 묽은 똥처럼 신발에 달라붙으며 시비를 거는 통에 운동도 못했다. 수건은 물론이고 새로 갈아입은 옷에서도 냄새가 났다. 단순히 장마철 습기로 인한 냄새가 아니다. 살아서 활동하는 개와 닭의 냄새에다가 그것들이 배설해놓은 분뇨 냄새가 짬뽕되어서 난다. 아주 고약한 냄새다. 장마가 이어질수록 냄새는 점점 더 심해졌고 그에 비례해서 불쾌지수도 올라갔다.

개들도 그 냄새 때문에 불쾌지수가 높아 가는지 요즘 들어 자주 으르렁 거리더니, 어젯밤에는 사납게 싸우는 소리가 집에까지 들렸다. 아침에 사료를 주러 갔다 온 캡틴이 간밤에 한 놈이 멱을 물린 채 죽어 있더라고 했다. 사육장에서 제일 큰 개였는데 어떻게 해서 그 개가 멱을 물려 죽었는지 모르겠다고. 도야는 골이 지끈 거리면서 몸에 열감도 느껴졌다. 아침 식탁에는 고사리를 넣은 육개장이 올라왔다. 평소와 다른 냄새가 나는 듯 했다. 보신탕? 구역질이 났다. 죽은 개로 보신탕을 끓였나 싶어서 도야는 숟가락을 놓고 양치를 했다.

기분 상 그런 게 아니라, 진짜로 몸이 좋지 않아서 오전 내내 잠을 잤다.

비는 그쳤다.

본격적으로 날이 푹푹 찌기 시작했다. 도야는 모든 게 무기력해지고 탁구도 영 능률이 오르지 않았다. 오전 게임에서 강수에게 완전 깨졌고 오후에는 점수 차가 심하게 벌어지며 개 박살이 났다. 잠시 슬럼프에 빠질 때도 있었지만, 지금까지 그날의 컨디션에 따라서 엎치락뒤치락 했지 이렇게 원사이드하게 끌려간 적은 없었다. 의기양양해진 강수가 약을 올렸다.

"야, 한판 더 붙어."

"오늘은 그만 하자."

"꼬리 내리시기는. 이젠 나한테 안 돼. 핸디 두 개 잡고도 안 된다니까."

도야는 너무 화가 났다. 아니, 강수의 말이 사실이라서 자존심이 망가졌다.

"억울하면 도전 하셔. 당장."

강수가 이죽댔고 도야도 참을 수 없을 만큼 열이치 받았다.

"개고기 먹더니 약발이 받냐?"

"무슨 개소리?"

시치미를 떼는 강수가 꼴도 보기 싫었다.

도야는 라켓을 놓고 탁구장을 나왔다.

"뭐야, 너 진짜 왜 그래!"

강수가 등 뒤에 대고 소리 질렀지만 따라 나오지는 않았다.

도야는 운동화를 갈아 신었다. '힘 달릴 때까지 달리기' 이 방법은 청솔초에서 합숙생활 하면서부터 시작된 버릇이다. 너무 속상하거나 부끄러운 일이 생기면 혼자 있고 싶다. 그렇지만 옆에 친구들이 있어서 방을 나가서 학교 운동장으로 갔다. 뛰면서 분을 삭였고 뛰면서 울었다. 땀과 눈물을 쏟아내면서 힘이 달릴 때까지 뛰고 나면 몸이 기진맥진 되었고, 한 숨 푹 자고 나면 근심이 반으로 줄어서 견딜만해졌다.

늘 뛰는 조깅 코스 말고 사육장 건너 앞산으로 가기로 했다. 혹시라도 강수가 뒤따라 붙는 걸 피하기 위해서.

견사 마당을 빠져 나와 왼쪽으로 돌아섰다. 개똥더미가 있던 자리였는지 바닥이 더러웠다. 똥 찌꺼기를 밟지 않으려고 까치발을 뜨고 겅중거리다가 발목이 삐끗해서 뒤뚱거렸고 그 바람에 반바지 주머니에 들어있던 휴대폰이 튀어나오면서 웅덩이 두둑에 맞고 그 아래로 떨어졌다. "아이 씨!" 하고 욕을 뱉어버리는 순간 머리가 쭈뼛 섰다.

'앗, 저곳은 개똥 웅덩이?' 자세를 바로 잡은 다음 한걸음 내딛고 두둑 아래를 내려다보았다. 더러운 냄새가 코에 들러붙었고 녹색과 금색 광택을 띤 곤충 수십 마리가 소란을 일으키면서 공격적으로 날아오는 통에, 도야는 팔을 막 휘저으며 뒤로 한발 물러났다. 그것들은 금파리일 것이었다. 짐승의 배설물과 썩은 고기 과일 등을 먹고 살며, 한사람이나 동물의 상처나 궤양 또는 귀나 코 등에 알을 낳고 몸에 붙어 다른 장소로 병원체들 옮기는 위생곤충.

휴대폰 투척에 놀랐을 금파리들은 이내 잠잠해졌고 도야는 다시 웅덩이 안을 살펴보았다. 한창 부패가 진행되고 있는 개 사체가 보였고, 도야의 휴대폰은 그 사체의 옆구리에 얹혀있었다. 물속에 퐁당 빠지지 않은게 불행중 다행이었다. 암튼 개 사체에 들러붙어 만찬을 즐기던 금파리들은 휴대폰 위에도 날아 앉았다가 다시 웅덩이 바닥에 옮겨 앉았다가 했다.

웅덩이 바닥은 오물로 흥건했다. 개똥 무덤에서 끌어다 부었을 개똥이 빗물에 불었을 테고, 부패되고 있는 개 사체에서는 피 고름이 흘러나와서 범벅이 되었을 것이었다.

그 오물에 발을 담그지 않고는 도저히 휴대폰을 꺼낼 수가 없는 상황이었다.

캡틴에게 도와 달라고 해볼까, 아니면 강수에게?

그들도 별 뾰족한 수는 없을 것 같았다. 아주 커다란 집게가 있지 않는 한 웅덩이에 들어가야 하니까 말이다.

119에 전화해볼까?

얼결에 주머니에 손을 넣던 도야는 한숨이 나왔다. 지금 문제는, 전화기가 웅덩이에 빠져서 이 난리를 피우는 것인데 하고.

제일 좋은 방법은 휴대폰을 포기하고 새로 사는것인데, 어림 짝도 없는, 망상에 지나지 않는 소리다. 단말기 할부가 아직 다 끝나지도 않았으니 말이다.

제 자리에서 왔다 갔다 하며 좋은 수가 없을까, 머리를 굴렸다. 이런 일로 119에 신고하는 건 말이 안 되는 것 같기도 했고, 119에 전화해 달라고 부탁하는 것도 내키지 않았으므로 웅덩이에 들어가기로 했다.

운동화를 벗고 들어가려다가, 차마 맨발을 그곳에 담글 수가 없어서 운동화를 도로 신었다. 사육장 쪽으로 가서 비닐 봉투와 목장갑을 챙겨서 웅덩이로 돌아왔다. 발에 비닐봉투를 묶고 있는데 금파리들이 날아다니다가 도야의 머리 위에 앉았다. 기겁을 하고 쫓아버렸다. 그리고 발에 묶었던 비닐봉투를 풀어서 머리에 쓰고 눈과 콧구멍을 뚫었다. 그리고 나머지 한 개의 비닐봉투는 목에 감았다.

가능한 가장자리 쪽에 서서 한쪽 팔만 뻗어 잽싸게 휴대폰을 짚는다, 한발 두발 세발 째엔 바닥에 닿을 수가 있을 것이다, 닿을 때 '첨벙'하고 웅덩이에 떨어지지 않도록 가급적 안전하게, 살포시 착지한다, 발을 딛기 좋게 울퉁불퉁한 벽면이 있는 쪽을 타고 내려가자.

이런 지침을 갖고 시도했다. 웅덩이 두둑에 앉아서 팔로 두둑을 짚은 다음 다리 한 짝을 내려서 벽면을 디뎠다. 그 다음 다른 발을 그 아래 쪽, 도도록하게 튀어 나온 부분에 얹을 생각인데 먼저 내디딘 발 밑의 흙덩이가 무너지면서 도야의 엉덩이가 주르르 미끄러져서 웅덩이 바닥에 철퍼덕 주저 앉아버렸다. 엉덩이와 양손이 오물에 절여졌고, 온몸에 오물이 튀었고, 금파리들이 소용돌이를 쳐대며 들러붙었다. 갑갑하고 앞이 안 보여서 검정비닐 봉투를 벗어버렸다. 그새 오물이 튄 휴대폰을 우선 웅덩이 밖으로 집어 던졌다.

휴, 한숨이 나왔다.

점프를 해서 웅덩이 두둑에 손을 얹고 몸을 끌어올릴 생각이었다. 기본적으로 늘 점프운동을 해왔기 때문에 그런 건 아무 일도 아니었다. 그런데 막상 내려와 보니 웅덩이가 깊었다. 개 사체의 안 보이는 부분이 웅덩이의 깊이라고 계산한 게 잘못이었다. 일어서보니 오물 깊이는 도야의 무릎에 닿았다. 게다가 빗물에 불은 개똥은 미끈거려서 발걸음을 옮기는 것도 불편했다. 운동화와 장갑에도 오물이 들어차서 무겁고 미끈거려서 다 벗어던졌다. 웅덩이 벽을 짚고 땅 위로 올라오려고 시도했지만 실패. 손에 침을 뱉고 죽을 힘을 다해서 시도해 보았지만 역시 실패. 엉뚱한 데다 힘을 쏟다보니 목도 마르고 오줌도 마려웠다. 오물 웅덩이에 대고 오줌을 누면서 생각해보니 혼자서는 도저히 올라갈

수가 없을 것 같아 두려웠다. 휴대폰을 던지기 전에 먼저 강수나 캡틴에게 도움을 요청했어야 했는데 아까는 생각이 거기에 미치지 못했다.

해는 점점 기울어서 개꼬리만큼 서쪽 산마루에 걸쳐 있었다. 도야가 몸을 움직일 때마다 금파리들이 소란스럽게 날아 오르며 존재감을 드러냈다. 팔을 휘두르며 내쫓아보았지만 날아올랐다가는 다시 놈들의 먹잇감 위에 내려앉았다. 만일 내일 아침 해가 뜰 때까지 이곳에 서서 밤을 새운다면 금파리들이 콧구멍 귓구멍으로 쑤시고 들어가 알을 낳을지도 모른다는 생각에 도야는 구역질이 올라왔고 두려워졌다.

전화벨이 울렸다. 도야는 너무나 기뻤다.

"오! 강수, 강수구나!"

전화벨이 끊겼다. 도야는 숨이 끊어지는 것처럼 두려웠다.

도야는 손나팔을 만들어 소리 질렀다.

"강수야! ……코치니임!"

조용했다.

"살려주세요!"

"여기 사람 있어요!"

소리는 퍼져 나가지 못하고 웅덩이 안을 나선형으로 돌다가 사그라졌다.

전화벨이 또 울렸다. 수십 번도 더 울리더니 더는 오지 않았다. 아마도 배터리가 나갔을 것이었다.

해는 완전 넘어갔다. 어둠이 사방에 죽음의 그림자처럼 엄습해오고 있었다. 이 웅덩이를 어떻게 빠져 나갈까, 고심해봤지만 뾰족한 수가 떠오르지 않았다.

금파리는 여전히 괴롭히고 여기저기 근질거리고 목이 말라 미칠 지경이었다.

또 오줌이 마려웠다. 예전에 무슨 백화점인가가 무너졌을 때, 갇혀 있던 사람이 자기 오줌을 받아먹고 살아났다는 기사를 본 게 떠올랐다.

아 오줌!

도야는 웅덩이 벽 아랫부분에 타원형으로 금을 그어 놓은 다음 집중해서 그 안에 오줌을 갈겼다. 그리고 그 곳을 손으로 파 들어갔다. 한발만 이라도 깊게 들여놓을 수 있게 되면 그곳을 딛고 탈출 할 수가 있을 것이다. 젖은 흙을 파내고 나자 벽이 딱딱해서 손톱 밑이 아팠다. 손으로 오물을 퍼서 그곳에 부어 흙을 적신 다음 파고 또 팠다. 발을 집어넣어 봤더니 안전하게 디딤 굴이 되었다. 그것과 대각선 위 왼쪽에 또 한 개의 굴을 팠다. 위쪽에 왼 손을 짚고 오른발을 밑에 굴에 넣고 몸을 끌어올리면서 잽싸게 오른손으로 두둑을 짚으며 몸을 날려서 탈출에 성공했다.

날씨도 너무 덥고 습도도 높아서 밤잠을 설쳤지만 도야는 전날보다 일찍 일어나 책상에 앉았다. 열심히 수학문제를 풀다보니 어느 새 창밖이 푸르스름해졌다.

전등을 꺼도 좋을 만큼 날이 환해졌다.

박남수의 '아침 이미지' 가 떠올랐다.

어둠은 새를 낳고, 돌을 낳고, 꽃을 낳는다

내일부터는 십 분 더 일찍 일어나고 십 분만 더 늦게 자야지, 이런 노력의 시간들이 쌓이고 쌓이면 좋은 결과가 있겠지 각오를 다졌다.

그동안의 기출 문제를 풀어보았다. 영어까지 합해서 다른 과목은 보통 70점대로 끌어올렸는데 수학은 간신히 60점대를 통과했다. 수학만 홍보라 샘에게 묻기로 했다.

시험 일주일 전부터는 검정고시 시험 시간에 맞춰서 기출 문제를 풀면서 적응 훈련을 했다.

시험을 치렀다. 도야와 강수는 고졸학력인정검정고시를 평균 70점대로 무난하게 통과했다. 이제 고교졸업자의 자격을 갖춘 것이었다. 두 친구는 서로 얼싸 안고 만세를 불렀다. 해방된 기분이 이럴 것 같았다.

호주에 있는 강수 부모님이 격하게 축하를 보내 왔다. 홍보라 샘에게도 특별선물이 배달되었다.

임화정 시인이, 머리도 식힐 겸 구례에 내려오라고 했지만 도야와 강수는 이제 본격적으로 탁구를 해야겠다고 사양했다. 그러면 이번 추석은 모두들 농원에 와서 명절을 쇠라고 해서, 가고 싶다고, 캡틴과 의논해보겠다고 했다.

공부에 대해 신경을 쓰지 않으니까 탁구에 집중이 잘 되었다. 9월부터는 본격적으로 대회도 나가보기로 했다.

강수 부모님이 연락도 없이 왔다.

강수 어머니는 양팔을 벌리며 도야와 강수를 안아 주어서 도야는 눈물이 나왔다. 강수 아버지에게 인사를 했다. 그러자 그가 손을 내밀며 말했다.

"네가 오탁구구나, 보고 싶었다."

도야는 마음이 따뜻해졌다.

"아빠, 오탁구가 아니고 이제 진도야예요."

"아, 미안. 네 엄마 때문이야. 맨날 탁구. 탁구 하니까 귀에 익어서 그만……."

"아, 참. 이름을 왜 바꾸었니. 난 진도야보다 오탁구가 더 나은 것 같아. 안그러니 강수야?"

강수가 도야의 눈치를 보면서 말한다.

"사실은 저도 그래요. 엄마."

'그랬구나……'

도야는 고객를 끄덕끄덕 한다.

강수 어머니가 한숨을 쉬면서 말했다.

"임호가 빠져서 속상하다. ……임화정 시인은 어떻게 지내시니? 연락들은 하고 지내니?"

추석 연휴에 임화정 시인 댁에 가기로 했었다고 캡틴이 말하자, 강수 어머니가 임화정 시인께 전화를 걸었다. 임화정 시인댁에 가기로 했다.

강수 부모님은 차를 렌트해서 타고 왔다고, 당신 부모님 산소에 성묘도 하고 집안 어른들을 만나고 곧바로 떠날 테니 먼저 떠나라고 했다.

강수와 도야는 캡틴의 차를 타고 구례로 갔다. 임화정 시인은 죽은 아들이 돌아온 듯이, 도야와 강수를 맞이했다.

음식도 푸짐하게 차려서, 명절을 쇠기 위해 가까운 친척이 모인 기분이었다.

강수 아버지가 중대사를 발표했다. 강수네 농장 일부를 탁구 전용체육관 부지로 시에 헌납할 생각이라고 했다. 문중에서는 그렇게 하는데 이미 동의를 구해 놓은 상태라고. 점점 후손들이 모이지 않아서, 일꾼을 사서 벌초를 해오고 있는 등 관리가 어려워서, 의미 있는 묘지만 남겨 놓고 문중 납골당을 지어 합치기로 했다며, 이번에 올라가서 사육장부터 폐쇄시킬 것이라고 했다. 강수는 이미 이런 일을 알고 있는 눈치였다.

강수 네는 문중에 가서 명절을 쇤다며 먼저 올라가고, 임화정 시인도 근처 형님 댁으로 추석을 쇠러 갔다.

캡틴과 도야는 구례 읍내 목욕탕엘 갔다. 둘이서 등을 밀어주고 나오면서 치킨과 맥주를 사서 농원으로 돌아왔다.

캡틴은 잔을 두 개 가져다 놓더니 도야에게도 맥주를 따라 주었다. 생전 처음 있는 일이었다.

"지금부터 나는 너에게 고백을 할 생각인데 맨 정신으로는 도저히 입이 떨어지지 않을 것 같구나."

캡틴이 무슨 말을 할지 궁금하기도 하고 걱정되기도 했다. 도야는 잔을 부딪치자마자 맥주를 벌컥벌컥 마셔버렸다.

캡틴은 맥주를 또 따라 놓더니, 자기 잔을 들어 도야의 잔에 부딪치고 나서 마셨다.

도야도 또 마셨다.

"마셔라, 마셔. ……내 이야기를 듣고 화를 내거나 욕을 하거나 하는 건 네 자유다. 그렇지만 왜 그랬냐고 따지지는 마라. 그땐 그게 최선이라고 판단했고 이제는 돌이킬 수 없게 되어버렸으니까."

캡틴은 어깨를 들어 크게 심호흡을 한 다음 말문을 열었다.

짐작했는지 모르겠지만, 너의 엄마 진선숙은 내 친동생이다. 우린 고아원에서 자랐다. 엄마가 일찍 돌아가시자 아버지가 우리를 고아원에 버리고 나타나지 않았지. 초등학교에 들어갔을 때, 키가 크다는 이유로 나는 탁구부에 들게 되었다. 걸핏하면 때렸지만 쉬는 시간이면 우유와 초코파이를 주어서, 그걸 얻어먹는 맛에 참고 견뎠다. 초코파이와 우유를 들고 있는 순간엔 내가 고아가 아니고 부잣집 아이 같았거든. 네 엄마도 그랬다더라. 암튼 우리는 고아인데다 실력이 좋으니까 선배들이 괴롭혔어. 몸이 만신창이가 되도록 맞았지. 실력이 없었으면 덜 맞았을 텐데……. 실업팀에 가게 되었다. 나의 꿈이 실현되었구나, 이젠 정말 매를 맞지 않고 살 수 있게 되었구나, 했는데 웬 걸. 괴롭히던 선배들이 거기 다 있는 거야. 그들은 아무렇지도 않게 때리더라, 성인이 된 나를……. 부모가 없다는 것은 평생토록 울타리 없는 집에서 사는 거나 마찬가지더라. 심하게 스트레스를 받아서 그런지 나는 복막염을 앓게 되었다. 수술을 했는데, 잘못되어서 아주 위험한 지경까지 가게 되었다. 너희 엄마는 운동을 그만 두고 내 병간호에 전념했지. 그 일만 생각하면 내가 너희 엄마한테 미안해 죽겠다. 암튼, 그때 고아원 식구들이 병문안을 왔는데 오병만도 거기 끼어 있더라. 오병만은 친한 척 하며 자주 드나들었다. 엄마를 데리고 나가 밥도 사주고. 2000년, 새천년이 밝았다고 티브이에서 난리였지. 즈믄둥이 탄생을 알리는 폭죽이 터지며 온세상이 환희의 무드에 빠져 있는 때에 너의 엄마로부터 전화가 왔다. 저도 아기를 낳았다고. 더 기가 막힌 건, 애 아빠라는 작자가 바로 오병만이라는 것이었다. 요절을 내버리려고 찾아갔다. 맞아본 놈은 때리는 데 도가 텄잖냐, 분이 풀릴 때까지 두들겨 팼다. 대들지 않고 그 매를 다 맞고 나더니, 아주 단호하게 말하더라, 자기는 애도, 애 엄마도 책임 안 진다고, 결혼 같은 건 안 할 거라고.

몸도 회복이 되지 않았고, 마땅히 머물 곳도 없는데다가, 세상살이에 염증이 나서 절로 들어갔다. 절에서 허드렛일 하는 처사를 구한다기에 오병만이 뭐하나 알아봤지. 직업도 없이 놀면서 애 딸린 네 엄마에게 용돈까지 타 쓰는 눈치더라. 그래서 절로 불러들였다.

오병만이 절을 떠날 때, 자기 도장을 내놓더라, 오탁구에게 무슨 일이 생겨도 절대로 연락하지 말라고. 강제로 네 부모역할을 떠맡게 되면서, 네가 절에 있다가 혹시라도 스님이 되고, 그 일로 나중에 원망하면 어쩌나 싶더라. 청솔초에 자리가 났을 때, 썩 내키지 않았지만 합숙소가 있는 초등학교라고 해서 오케이 했다.

너를 언제 데려올까 생각하고 있던 차에, 임화정 시인에게서 전화가 왔다. 임호를 맡고 싶다고. 그래서 함께 청솔초로 전학을 시키게 되었다.

줄곧 내가 네 보호자 역할을 해왔다. 그러다 네가 탁구로 메달 따서 장학금 받게 되었다는 보도가 나가니까 오병만이 날 찾아왔더구나. 월세도 못 내고 있다며 장학금을 반을 나눠 달라고. 거절했더니 내가 네 돈을 떼어먹으려 한다고 까발리겠다고 엄포를 놓더구나. 까발려보라고 또 두들겨 팼다. 그 뒤, 강수네 산지기 자리가 나서 농장으로 들어와 살라고 다리 놔주었다. 친구 하나를 데리고 와서 그 친구는 사육장을 하고 오병만은 탁구장에 코치로 나간다고 하더라. 외양이 반반 한데다가 원래 살살거리며 여자들 비위는 잘 맞추니까 지도자 자격증 없이도 생활탁구에서는 먹혔나보더라. 자격 갖춰서 제대로 하라고 책을 줬더니 자격증 땄다더라. 요즘엔 중학교 방과 후랑 생활탁구 코치로 나가는가 보더라.

강수와 내가 여기 오게 된 얘기를 할 차례구나.

강수가 자퇴를 하게 되면서 강수 어머니가 나에게 부탁 했다. 강수를 좀 잡아 달라고. 처음엔 아파트를 얻어서 함께 생활했었다. 그런데 하루 종일 집안에 갇혀 지내다 보니 우린 둘 다 답답해 미치는 줄 알았다. 그때 강수는 어디서 유기견 한 마리를 가져오더니 또 한 마리를 데려왔어. 관리실에서 자꾸 방송을 하는 거야, 개 짖는 소리 난다고 민원 들어온다고, 너무 큰 개를 데리고 다녀서 엘리베이터에서 애들이 놀란다고. 나중에 들어온 것은 시베리안 허스키였거든. 강수가 아파트 주민들과 자꾸 시비가 붙고.

그럴 즈음 네가 자퇴하고 갈 데가 없게 되었다. 네 아빠에게 그 사실을 알리며 너를 데리고 있으려고 했더니 단칼에 노, 하고 전화를 끊더라. 그래서 일단 네가 짐을 옮길 수 있도록 월세방을 얻어주라고 500만원을 줬다. 너를 이사 시켜놓더니, 오병만은 결혼할 여자가 생겼다고, 사육장 친구도 나간다고 하기에 강수와 내가 이리 옮겼다. 그냥 아무 생각 없이 옮겨 왔다.

엄마 소식이 궁금할 텐데. 엄마는 늘 몸이 좋지 않아서 고생이 많다. 어려서부터 고생을 해서 몸이 부실한데다, 너를 낳고 제대로 조리도 못하고 생활전선에 뛰어드는 바람에 몸이 망가졌지. 국가 상비군까지 올라갔던 선수였는데, 지금은 학교 방과 후 지도자로 나가고 탁구 심판도 보고, 하며 지낸다.

너는 내 아들이나 마찬가지다. 그러니 지난 일을 용서하고 맺힌 게 있으면 풀어라.

도야는 가슴이 먹먹해지면서 눈에서 굵은 눈물방울이 떨어졌다.

"저에게도 가족이 있다니…… 새 날이 밝은 것 같아요."

도야는 일어나서 정중히 큰절을 올렸다.

2장

0.7g의 세계로 컴백

탁구전용체육관을 짓는 것을 전제로 하여 강수네 농장 부지를 시에 기증했다.

이것을 기념하기 위해서 행복시 탁구협회장 배 탁구대회를 열기로 했다.

홍보를 목적으로, 경기장을 직접 찾은 팬들에게 탁구 라켓과 경기 용품 등 경품을 제공하며, 결승전 경기는 MBC와 MBC스포츠채널을 통해 생중계 되었다. 전국에서 쟁쟁한 선수들이 모여 들어서 이틀 동안 치렀고 성황리에 끝났다.

방송이 나가자, 대한탁구협회 측에서도 긍정적인 검토를 하고 있다는 연락이 왔다.

이런 분위기 속에서 도야와 강수는 실력이 쑥쑥 올라오고 있었다. 캡틴은 자기 인맥을 다 동원하여 여기 저기 원정 경기도 데리고 나가고 중국과 일본에도 나갔다 왔다.

제 72회 전국남녀종합탁구선수권대회 공고가 떴다.

도야의 팔이 부러지고, 임호가 죽게 된 바로 그 대회였다.

도야가 그 날짜의 달력에 동그라미를 쳤다. 그러자 강수가 그 위에 별표를 했다.

이 대회는 초, 중, 고, 대학, 일반으로 나누어 경기를 치르는 종별 선수권대회와는 달리, 나이와 경력에 상관없이 대진 추첨에 따라 게임이 치러진다. 한국 탁구를 대표하는 국내 탑 랭커들은 물론이고 차세대를 대표하는 스타들까지 총출동하여 진정한 한국 탁구의 최강자를 가리게 된다.

도야와 강수는 대회에 나가려고 했다. 그러나 선수로 등록이 되어 있긴 하지만 현재 소속이 없는 게 문제였다. 캡틴은 궁리 끝에 대한탁구협회를 찾아갔고, 다행히 정상이 참작되어 대회에 나갈 수 있도록 허락을 받았다.

도야와 강수는 첫 출전을 하는 마음으로 열심히, 최선을 다해 훈련했다.

드디어 대회 날이다.

대회장 입구에는 차들이 꼬리에 꼬리를 물고 행사장으로 들어서고 있다. 도야와 강수를 내려주고 캡틴은 주차 공간이 마땅찮아서 차를 끌고 안으로 들어갔다. 화단으로 구성된 체육관 경계 너머 바로 옆 도로에 청구고의 탁구부 버스가 있다. 청구고 선수들이 줄줄이 소시지처럼 나오고 있다. 도야는 쿵쾅거리는 가슴을 누르며 빠르게 걸음을 옮겨 놓는다.

"우와, 저기 오탁구다!"

청구고 애들이 우 몰려온다. 도야와 강수는 그 자리에 섰다. 모두들 다가와서 악수를 하고 크로스로 서로의 어깨를 부딪친다. 이 모습을 인증 샷으로 담는 인간들이 있다. 맺힌 게 많지만, 선배이니 어쩔 수 없이 입꼬리를 올려 '김치'도 해주고, 엄지와 검지를 겹쳐 '하트'도 날려준다.

"야, 그런데 니들 몸 좋아졌다, 둘 다 180은 되겠는 걸?"

"그러게. 근육도 장난 아닌 걸? 역시 사회물이 좋은가봐?"

나승태와 삐꾸다. 나승태는 옆으로 땅딸막하게 퍼졌고 삐꾸는 노가리처럼 볼품없이 말라비틀어졌다.

실내에 들어서기 전, 김범일이 헛기침을 한 번 하고, 사인을 알아차린 삐꾸가 잽싸게 몸을 밀쳐가며 원을 그린다. 5인방과 뉴 페이스 몇 명 그리고 도야와 강수까지 원을 그리고 선다. 김범일이 손바닥을 대고 5인방이 그 위에 대고, 도야와 강수가 손을 댄다. 나머지 애들이 손을 얹고 흔들며 복창한다.

"청솔, 청솔, 청솔!"

도야와 강수가 탁구장 안으로 들어서는데 뒤에서 복창 소리가 들린다.

"청구, 청구, 청구!"

대회가 시작되었다. 테이블은 10탁씩 세 줄로 펼쳐져 있다.

도야와 강수는 10탁, 11탁에서, 바로 옆 8탁과 9탁에 김범일, 나승태가 서 있다. 나머지 청구고 애들은 등판이 없다. 그러니까 선수는 김범일과 나승태 둘인 것이다.

삐꾸는 청구고를 응원하다가, 이따금씩 도야와 강수가 좋은 볼이 나오는 것을 목격하면 "굿자압!"

"나이스웃!" 하면서 주먹을 휘두른다.

점심시간이다. 사람이 워낙 많아서 우왕좌왕 하고 있는데 삐꾸가, 강수와 도야를 불러서 자기들 줄에 끼워 준다. 같은 테이블에서 점심을 먹는다. 과일 접시가 비자, 삐꾸가 한 접시 더 가져다 상 위에 놓아준다.

"야, 오탁구! 너 대타 뛰는 거지?"

삐꾸다. 남의 이름을 달고 뛰는 거냐고 묻는 것이다.

"야, 오탁구가 진도야라니, 이거 너무 큰 사기 아니냐?"

"사기 아니거든!"

맞받아치고 나서 강수가 어금니를 물고 주먹을 쥔채 삐꾸를 내려다본다. 삐꾸의 키는 강수의 턱 밑에 있다.

"그만들 해!"

김범일 한 마디에 모두들 어깨에서 힘을 뺀다. 김범일이 강수의 어깨를 한번 쳐주고 돌아서서 탁구장으로 간다.

네 명 모두 16강에 올랐다.

다음날, 8강을 놓고 강수는 나승태와 붙게 되었다. 펜스 너머로 스코어보드를 건너다보는 도야의 마음이 바짝바짝 타들어갈 지경이었다. 게임만 아니라면 그 곁에 붙어 서서 벤치를 봐주고 싶은데 다음 게임을 준비해야 했다.

"진도야, 청구고 김범일 11탁으로 가시기 바랍니다."

순간 도야는 발길이 멎으면서 강수를 보았고 강수도 주춤하면서 공을 쳐내가다 실점을 하고 말았다.

'김범일과 붙다니……!' 깊은 한숨을 쉬는 도야의 입에서 뜨거운 김이 뿜어져 나온다.

30개의 테이블이 깔려있는 체육관에 11탁은 가장 가운데 첫 번째이다. 그 쪽으로 가는데 본부석에 앉아있는 김형기 감독이 눈에 들어온다. 도야는 다리가 후들후들 떨리고 정신까지 핑 돈다.

도야는 마음을 다잡고 장전을 하듯이 소리를 지른다.

"아자!"

이 경기는 MBC와 MBC스포츠 채널을 통해 생중계되고 있었다. 비록 8강이지만 김범일이 차세대의 올림픽 유망주로 요즘 핫한 관심을 받고 있는 중이라서 '주요경기'로 취급되는 모양이다.

도야는 신경이 곤두선다. 김형기 감독은 그 자체만으로도 도야에게는 치명적으로 겁을 주고 있고, 청구고 애들은 굶은 늑대들처럼 눈에 쌍라이트를 켜고 테이블을 주시하고 있다.

게임이 시작되었다.

도야는 정신을 바짝 차리고 침착하게 경기를 풀어나간다. 김범일의 볼은 단 한 개도 만만한 게 없다. 서비스는 까다롭고 공격은 애매해서 죽은 볼인 줄 알고 방심하다가 실점을 당하곤 했다. 물고 물려서 듀스까지 간 끝에 15-13으로 첫 세트를, 그 다음 세트도 가져와서 게임스코어는 2-2.

마지막 세트를 치를 차례이다. 강수가 볼을 주워든 주먹을 힘있게, 위에서 아래로 찍어내리고 도야도 따라서 응답해 준다.

청구고 선수들이 벌떼처럼 달라붙어 소리 지른다.

"김범일, 김범일, 김범일!"

"청구, 청구, 청구!"

지금까지 청구고 벤치는 코치가 보고 있었는데, 마지막 세트가 시작되자 김형기 감독이 팔짱을 끼고 펜스에 바짝 붙어 선다. 김형기 감독은 아무 짓도 안했는데 도야는 다리가 제대로 움직여지지 않고 라켓까지 놓쳤다.

2-0로 끌려가는 중이다.

체육관 지붕을 날려 보낼 듯이, 김범일 청구고를 연호하는 소리가 들린다. 이 속에서 "도야, 도야……" 신음소리에 가까운 강수의 목소리가 들린다. 도야는 이를 악물고 서브를 넣고 넘어오는 3구를 땅에 붙듯이 납작 엎드려서 주워 올린다.

"엣지, 2-1!"

심판이 콜을 했다. 그런데 김형기 감독이 엣지 아니라고 이의 제기를 한다. 심판은 이것을 받아들이지 않고 게임을 진행시킨다. 다시 도야가 두 번째 서브를 넣고 상대가 이를 못 받아서 득점으로 연결된다. 심판이 2-2 콜을 하자, 김형기 감독이 이번엔 '네트'라고 우긴다. 벤치는 코치가 보고 있는데 김 감독이 권한을 행사하고 있다. 심판은 이번에도 동조 하지 않고 스코어보드를 넘기고 게임을 진행 시킨다. 그러자 김 감독이 심판이 부당하다며, 심판을 다른 사람으로 교체해 달라고 요청한다. 심판은 자기가 오판하지 않았다고, 물러설 수 없다고 버틴다.

"국제 심판 불러!"

김 감독이 요청하자, 다른 심판 한 명을 데리고 대회 진행요원이 온다. 김형기 감독과 이야기를 나눈다. 남자 심판이 펜스 밖에서 지켜보는 가운데 경기가 속개된다.

도야는 시비가 붙지 않도록 가급적 깔끔한 경기를 치르려고 정신을 차리고 서비스를 넣는다. 마지막 세트에서 5-3으로 도야가 리드를 하자, 김형기 감독이 큰 소리로 "엔드 체인지!"라고 선언한다. 흐름을 끊어 놓겠다는 심산인 것이다. 두 선수가 코트를 바꾼다. 5-5 동점이 되었다. 청구고 떼거리들은 응원을 넘어서 팔을 휘두르고 발을 구르며 숫제 지랄발광들을 하고 자빠졌다. 도야가 간신히 점수를 끌어 올렸는데, 상대편에서 타임아웃을 신청했다. 도야의 흐름을 끊으려는 김감독의 전술이었다. 강수가 도야에게 생수병을 준다. 도야가 물을 마시는 동안 강수는 이빨로 입술을 잘근잘근 씹고 있다. 얼굴이 하얘 가지고 애를 태우는 강수를 보며 도야는 기필코 김범일을 뭉개버리리라 작심한다.

하이파이브를 하기 위해 손바닥을 내미는 강수의 눈에 눈물이 그렁거린다. 도야는 강수와 손바닥을 부딪힌다.

"파이팅!"

사자가 포효하듯 크게 소리를 지르고, 전장에 나가는 무사가 검을 잡듯이 라켓을 움켜잡고 테이블로 간다.

뺏고 뺏기고 듀스까지 따라 붙은 끝에 17-15로 도야가 이겼다.

도야는 이겼지만 이긴 것 같지가 않다. 아직도 듀스의 연속인 것만 같다.

김범일이 도야에게 와서 악수를 청한다. 그 손을 잡으며 도야는 공손하게 고개를 숙인다.

김범일의 눈을 마주 볼 수가 없다. 이 선배는 지금 얼마나 허탈하고 무서울까, 그런 생각이 든다.

"담에 보자."

김범일이 등을 두드려 주고 행사장을 빠져 나간다.

천하의 김범일이 저렇게 쉽게 무너지다니, 도야는 다리에 힘이 좌악 풀린다. 게임에서 진다는 것은, 소름끼치도록 무서운 일이다. 어쩌면 그게 싫어서 탁구를 그만둔 게 아닌가 하는 자각이 든다. 등에서 떨어지면 곧바로 호랑이 아가리에 산 채로 들어갈 것 같다.

안내방송이 흘러나온다.

"진도야 선수는 본부석으로 와주시기 바랍니다."

도야와 강수는 둘 다 본부석으로 간다.

"이 게임 무효야, 넌 진도야가 아니고 오탁구잖아."

"이 애는 진도야가 맞습니다. 여기……."

캡틴이 주머니에서 가족관계증명서를 펼쳐 놓은 것이다.

"너, 너 이 새끼"

"이 새끼가 아니고 진길수 입니다, 선배님. 이 아이는 제 조카이고요."

도야는 고개를 숙이며 화장실로 간다.

결승전이다.

그 전에 탁구의 저변 확대와 관중의 흥미를 유도하기 위해, 한국 탁구의 레전드 유남규, 현정화 감독의 이벤트 매치가 치러졌고 이어서 준결승이 치러졌다. 도야는 실업팀 선수를 가볍게 잠재우고 드디어 결승에 올랐다. 국가대표 랭킹 3위인 강적을 만나 1세트에서 4점밖에 따지 못했고, 2세트도 11-9으로 내주며 끌려갔다. 그러나 3세트부터 백핸드 대신 빠른 몸놀림으로 포핸드로 공격을 전환하면서 리드를 잡아 갔고, 듀스 접전 끝에 14-12로 이겨 분위기 전환에 성공했다. 이어 4, 5세트에서 특유의 파이팅으로 각각 11-5, 11-7로 승리하며 전세를 뒤엎은 뒤 6세트에서 장기인 드라이브를 꽂으며 11-7로 우승을 확정지었다.

이로써 진도야는 2017년 12월 28일자로 국내 남자탁구랭킹 1위를 획득했다.

그동안 도야에게 큰 변화가 생겼다. 이름을 다시 '오탁구'로 바꾼것이다. 절차가 복잡했지만 여러 사람의 이해와 도움으로 바꿀 수 있었다.

전국남녀선수권대회에서 정점을 찍은 오탁구는 '하니까 된다' 는 자신감을 얻었다. 그리고 영원한 라이벌이자 인생의 파트너인 강수의 자신감까지 끌어올렸다. 이들은 쌍둥이처럼 붙어 다니며 국내는 물론이고 세계대회까지 출전하여 세계 랭킹 순위에 이름을 올리며 맹위를 떨쳤다. 두 선수가 국가대표 선수로 선출되는 것은 당연한 수순이 되었다.

이에 힘을 받은 캡틴은 농장에 탁구전용체육관 짓는 일에 올인 하기로 하고 행복시 탁구 협회장과 함께 호주까지 날아가 강수 아버지를 모셔왔다. 셋이 힘을 모아 각자 자기가 할 수 있는 일을 전담하면서 일을 추진했다. 이미 토지를 기부헌납 했기 때문에 건축허가 및 건물 지을 비용과 증축 이후의 시설비용이 필요했다. 대한탁구협회에서도 본격적으로 협력해준 결과 우리나라 최초로 탁구전용체육관을 행복시에 건설하게 되었다.

냉난방 장치 및 제습 시설을 갖춘 쾌적한 실내 공간에, 각각 30대, 50대, 90대의 테이블을 깔았다. 커피와 음료 및 인터넷을 할 수 있는 휴게실과

샤워실 그리고 식당 및 체력단련 시설도 갖추었다.

또한 대회 기간 동안 선수들이 머물 수 있는 숙박시설도 있다.

행복시는 체육도시로 특화되었다.

초중고 정규 수업에 체육시간을 늘리고, 탁구 '방과 후 수업'은 학년에 상관없이 수준별로 차등을 두어서 여러 팀을 개설해서 운영하고 있다. 초중고 탁구부가 속속 창단되고 있다.

동네마다 탁구장이 늘어나고, 단독 주택 마당이나 옥상에도 탁구대가 놓여 있는 가운데 주말마다 크고 작은 탁구대회가 열려서 탁구 마니아들이 전국에서 몰려들고 있다.

탁구가 시민 체육증진 및 건전한 여가선용에 이바지하고 있다는 사례로 평가 받게 되자, 벤치마킹 하려고 오는 사람들이 줄을 잇고 있다.

탁구의 붐을 이루게 된 배경도 덩달아 관심을 끌면서 오탁구와 강수의 스토리는 각종 티브이 프로에 소개되고 있다. 두 선수를 위한 팬클럽까지 형성되었고 스포츠 의류 광고모델로 입문하게 되었다. 스포츠 음료와 남성 화장품 모델 등의 제의가 들어왔지만, 국가대표에 발탁되면서부터 일체의 '잡일'에 신경 끊고 오로지 도쿄 올림픽을 겨냥하는 일에 힘을 쏟기로 했다.

오탁구 어머니, 진선숙(45), 국제탁구연맹(ITTF)으로부터 심판 선정 통보 받다

기사를 본 오탁구는 너무나 당황스럽고 놀라서 처음엔 꿈인가 했다. 너무나 기분이 좋아서 기사를 보고 또 보았다.

'한국남자탁구 금메달 16년 주기설'이라는 기사가 떴다.

1988년 서울올림픽에서 유남규가, 2004년 아테네올림픽에서 유승민이 금메달을 목에 걸었다. 2020년은 그로부터 16년째이므로 이번 도쿄올림픽에서 금메달을 딸 것이다. 오탁구와 강수 투톱의 쌍두마차가 한국탁구를 우승으로 이끄는 견인 역할을 할 것이다.

2020년 도쿄 올림픽 남자 탁구 엔트리 4명 발표

가슴에 태극기를 단 4명의 선수 사진이 실렸다.

이미 알고 있는 사실이지만 기사를 보자 오탁구는 몹시 흥분 되었다. 캡틴에게 전화를 걸려고 하는데 벨이 울렸다. 모르는 번호였지만 왠지 엄마일 것 같았다. 숨을 크게 한 번 내쉰 다음 침착하게 전화를 받았다.

"엄마다……!"

"네……."

엄마는 울고 있는 것 같았다.

"몸은 좀 어떠세요?"

"많이 좋아졌다."

오탁구도 눈물이 나와서 말을 아꼈다.

"도쿄에서 보자, 컨디션 조절 잘하고……."

도쿄올림픽이 일주일 앞으로 다가왔지만 문제가 발생했다.

개최국인 일본에 태풍이 불어 닥친 것이다. 7~9월은 일본에 태풍의 상륙이 집중되는 시기로 지난 리우올림픽 폐회식이 열린 날에도 태풍 9호가 일본 수도권을 직격했다. 일본기상청 데이터에 의하면 최근 60년 동안 일본 본섬에 상륙한 태풍은 85%가 7~9월에 일어났다.

경기를 강행할지 연기할지를 놓고, 각 국제경기단체가 급하게 회의를 열었고, 대회를 7일 연기하기로 합의했다. 이어서 대회가 7월 31일~ 8월 16일까지 열린다고 정식 발표되었다.

이어서 대한민국 선수단은 7월 24일, 도쿄의 격전장으로 떠난다고 했다.

이 발표 이후, 오탁구는 전국소년체전 우승 기념으로 강수 아버지에게 받은 임호의 라켓을 제일 먼저 가방에 챙겼다.

7월 24일, 오탁구와 강수도 대한민국 선수단의 일원으로 인천공항으로 나갔다.

　대한탁구협회 임원들이 나와 배웅하며 우승을 기원했다. 선수들은 "반드시 메달을 따내 한국탁구 중흥에 기여 하겠다"고 각오를 밝혔다.

　비행기를 기다리고 있는데, 캡틴이 나타났다.

　"나랑 임화정 시인 그리고 강수 부모님도 대회 기간 동안 일본에 머물 거야. 너희가 국대 선수가 되고 나서 곧바로 강수 아버님이 비행기 표와 호텔을 예약 하셨다더라."

　"출발하기 전에 아버님께 전화 드리자."

　오탁구의 말에, 강수가 자기 아빠에게 전화를 걸어서 인사드리고 오탁구에게도 바꿔줬다.

　"아버님! 감사합니다. 도쿄에서 뵈어요!"

　기우와 달리, 대회가 시작되기 하루 전부터 태풍은 거짓말처럼 멎었고 도쿄의 날씨는 화창했다. 각 구장마다 관중이 몰려드는 가운데, 각종 경기마다 연일 신기록이 쏟아지는 등 도쿄는 축제의 무드에 빠져들었다.

　탁구 게임이 시작되었다. 대한민국 팀은 선수 전원이 최상의 컨디션으로 게임에 임했고 시드 운도 따라줘서 8강까지 가볍게 올라갈 수가 있었고, 준결승에서 독일을 만나 피 말리는 접전을 벌인 끝에 4강에 안착하게 되었다.

　"실력은 비슷했다. 다만 정신력에서 밀렸다. 대한민국 선수들은 멘탈이 금메달감이다. 축하한다" 라고 독일팀 감독이 인터뷰 했다.

　숙소로 돌아 왔을 때, 캡틴이 오탁구에게 찾아왔고 밖으로 따라나갔다.

　엄마가 서 있었다. 두 사람은 자석처럼 서로 들러붙었다. 아무 말 없이, 마치 의식을 치르듯이 울기만 했다.

　실컷 울고 나서 엄마가 먼저 입을 떼었다.

　"미안하고 고맙다."

캡틴이 사진을 찍자며 휴대폰을 들이대는 바람에 오탁구는 얼결에 엄마 팔짱을 끼면서 브이를 만들었다.

남은 준결승은 중국–일본이다.

이 경기에서 누가 올라오느냐에 따라서 한국은 메달 색깔이 좌우 될 수 있는 상황이다. 만일 일본이 중국을 꺾어준다면 대한민국이 우승을 기대할 만하다. 일본 국가 대표 선수들과는 한 차례 손을 맞춰본 경험이 있는데 어느 정도는 자신감이 있었다. 문제는 역시 중국이다. 그동안 오탁구는 중국 선수를, 강수는 일본 선수를 집중적으로 공략하며 날마다 동영상을 분석했다.

드디어 일본과 중국이 준결승을 치른다.

한국탁구팀도 정보를 얻기 위해 관전하기로 하고 모두들 경기장으로 나갔다.

안내 방송이 나오고 양쪽 선수들과 벤치를 보기 위해 양쪽 감독들이 들어오고 주심 부심들이 들어온다. 오탁구의 엄마도 거기 있다.

게임이 시작되고 한국 선수들은 하나같이 일본을 응원하고 있지만 오탁구는 자기 엄마에게로 온 신경이 쏠렸다.

너무 긴장하다가 실수 하면 안 되는데…….

오탁구의 입술이 바짝바짝 타는 것과는 달리 진선숙 주심은 손으로 시그널을 보내며 경기를 매끄럽게 진행시키고 있다. 매의 눈으로 랠리나 엣지 등을 판단해 내고, 서브와 리시브 순간을 조절하면서도, 있는 듯 없는 듯 물 흐르듯이 경기를 진행시키며 명판관의 면모를 드러내고 있었다.

일본이 '넘사벽 만리장성'을 무너뜨리고 결승에 올랐다.

세계 탁구인들은 대 이변이 일어났다고 철옹성보다 더 튼튼한 만리장성을 일본이 무너뜨렸다고 난리가 났다. 일본에서도, 중국에서도 티브이를 보다가 심장마비에 걸려 사망했다는 보도가 여러 건 나왔다.

드디어 8월 15일 결승전이다.

간밤에 꿈을 꾸었다. 태극기가 보였고 임호가 금메달을 목에 걸고 나타나서 하이파이브를 하자고 손을 내미는 꿈이었다. 오탁구는 임호의 라켓을 꺼내어 클리너로 닦은 다음 다시 탁구가방에 넣고 경기장으로 들어간다.

첫 게임은 단식이고 오탁구가 1번 선수로 나가게 되었다.

오탁구는 라켓을 두 개 쥐고 하늘을 올려다 본다.

임호 보고 있냐? 네 몫까지 뛰어 주겠다. 기필코 오늘 도쿄 광장에 애국가가 울려 퍼지게 해주겠다.

오탁구는 임호의 라켓을 강수에게 맡기고 테이블 쪽으로 간다.

가장 높이 나는 새가 가장 멀리 본다

고 용 주(체육학 박사·세종시 탁구협회 회장)

인간을 포함한 모든 것을 지배하는 초인간적인 힘. 또는 그것에 의하여 이미 정하여져 있는 목숨이나 처지, 이것을 운명이라고 한다면, 체육을 전공한 내가 소설책에 발문을 쓰는 것도 작은 의미의 운명일 것이다.

내가 김세인 작가를 처음 본 것은 2011년 11월, 제1회 세종시탁구협회장기 탁구대회 개회식장에서 였다. 그날 김세인 작가는 탁구심판으로서 심판선서를 했다.

그로부터 얼마 후, 김세인 심판은 탁구를 소재로 장편소설을 쓰고 있다며, 나에게 발문을 부탁했다. 탁구 심판인줄 알았는데 소설가라니, 그것도 탁구에 대한 소설을 집필 중이라니 무척 반가웠다.

1997년에 계간 《21세기 문학》으로 등단한 김세인 작가는 창작집 『무녀리』와 『동숙의 노래』를 이미 상재하고, 왕성하게 작품활동을 하고 있는 현역 소설가였다.

김세인 작가는 운명에 대하여 이야기하고 있는 듯 했다.

김세인의 근작 소설을 읽으면서 내 머리를 맴돈 단어는 '운명'과 '실존'
이었다. 운명에 굴복하여 순응하느냐, 운명과 맞서 싸우면서 나의 실존
을 증명하느냐. 모든 등장인물이 이 두 가지 범주에 들어간다고 보았고,
그래서 양자 간의 갈등이 작품의 스토리 라인과 플롯, 주제를 결정짓는
다고 보았다.

- 이승하, 『동숙의 노래』 해설 중에서

운명을 거스르려고 시도하는 소설 속 등장인물을 만날 때 우리는 안타까
움을 느끼며 그 인물이 포기하지 말고 뜻을 이루기를 응원하게 된다.

이제 『오, 탁구!』 속으로 들어가 보자.

새천년 축포 소리가 터지는 그 찰나, 서울 송파구의 '21세기 산부인과'에
서 새해 첫 아기가 탄생했다. 몸무게가 2kg인 미숙아였다.
미숙아는 다섯 살 때 엄마의 손에 이끌려, 아빠가 있는 절에 맡겨진다. 그
러나 아빠는 아이를 남겨둔 채 절에서 떠나버린다. 초등학교 3학년 때까지
절집 아이로 크다가 탁구부가 있는 청솔 초등학교로 전학가게 된다.
이곳에서 주인공은 임호와 강수라는 두 친구를 운명적으로 만나게 된다.
이들도 전학을 왔다. 다른 아이들은 이미 이 학교에 적을 두고 있는 상황
에서 깍두기처럼 겉돌기 십상인 처지에 놓인 세 사람은 친구가 되고, 탁구
부 합숙소 생활을 하면서 돈독한 우정을 쌓아간다.
세 친구는 어려서부터 탁구를 접했고, 재능도 있고 근성도 남달라서 탁구
실력이 월등하다.
한편, 탁구부 선수들은 학교 대표로 나가서 메달을 따와야 한다는 의무가
주어진다. 대표 선수로 발탁되기 위해 자기들끼리의 경쟁과 시기가 도를 넘
는다. 바로 위의 선배들은 그 정도가 아주 심하다. 신입생들이 탁구를 치지

못하도록 공만 줍게 하고, 어쩌다 게임을 해서 성적이 좋으면 오히려 집단 구타를 한다. 특히 바로 위의 선배들 다섯 명은 5인방이라고 자기들끼리 결집하는 것을 보고 신입생들도 3총사라는 서클을 만들어 대응한다. 선배들에게 당하고 나서 이들은 죽고 싶을 만큼 견디기 힘들지만 습관적으로 체육관으로 간다.

네 아픔이 곧 내 아픔이라는 동병상련의 마음을 주고받으며 견디는 이들의 아픔은 차라리 아름답다.

아름다운 아픔은, 전국소년체전에 나가 우승 메달을 목에 거는 것으로 승화된다. 개인과 학교의 명예를 빛내면서 탁구의 메카 청구중에서 스카우트 제의를 받는다.

한편 이들이 이런 성과를 거둔 뒤에는 명장 진길수 코치가 있다. 3총사는 코치를 캡틴으로 모시는데 캡틴도 3총사와 함께 청구중에 영입된다.

청구중에 입학하자, 기다렸다는 듯이 5인방의 압박이 시작된다. 청구중은 청구고와 같은 재단이며 청구고의 김형기 감독이 바로 5인방 두목 격인 김범일의 아버지이다.

후배인 3총사의 성적이 월등하다는 게 늘 '죄목'이 되어 중학교에서도 똑같은 갈굼을 당하고, 이들의 정신적 지주인 '캡틴'마저 선배라는 명목으로 5인방의 일원인 학부모에게 갈굼을 당한다. 그 학부모는 레슨하고 있는 캡틴을 야구방망이로 두들겨 팼다. 운동하는 사람들은 의사표현도 몸으로 하는 경향이 있다.

선수는 기록을 내기 위해 존재한다.

3총사는 합숙소에 집어넣어지면서부터 탁구선수라는 이름의 가시관이 머리에 씌어졌다. 이 관은 엄밀히 말해, 학생이기 이전에 탁구 선수라는 징표였다.

가시관을 쓴 자들은 밥 먹을 때도 장난 칠 때도 라이벌과 함께 트랙을 돌며 매뉴얼대로 움직이느라, 다른 사람들이 어떻게 사는지 엿볼 기회가 없다.

지독한 회의를 하면서도 3총사는 전국대회에 나가서 빛나는 성적으로 우승을 하면서 청구고에 전원 입학하게 된다.

고등학교 때 게임의 결실은 그 보상이 매우 크다. 메이저 대회에서 좋은 성적을 내면 대학은 물론 실업팀에 발탁되어 장학금도 받고 직업과 곧바로 연결된다.

해서, 권력을 가진 자들의 비리와 권모술수가 개입을 하게 되고 어린 영혼이 멍들게 된다.

절친 임호가 자살을 하게 되면서 3총사는 크나큰 슬픔에 봉착한다.

> 오탁구는 비틀거리며 임호의 영정 사진을 놓쳤다. 누군가 영정을 집어 들었지만 임화정 시인이 그걸 뺏어서 다시 오탁구의 깁스한 팔뚝에 올려 놓고 함께 걸었다. 체육관을 나와 운동장을 한 바퀴 돌다가 오탁구는 또 한 번 발을 멈췄다. 바로 임호가 옥상에서 떨어진 그 자리였다. 목격하지는 않았지만 직감적으로 여기겠구나, 싶은 자리를 지나게 된 것이었다. 오탁구는 무릎을 꿇고 오열했다.
> "임호……이 개자식아!"

합숙을 하면서 한솥밥을 먹은 청소년기의 운동선수에게 있어 동료는 가족 그 이상이다.

주인공 오탁구는 임호의 죽음으로 라켓을 놓고 학교를 자퇴해 버린다.

그러나 합숙소를 나와 갈 데가 없는 그는 내키지 않지만 아빠에게로 가서 반 강제로 인문계 학교로 전학을 간다.

그곳에는 수업을 따라가는 '개구리' 와 대낮에 굴속에서 잠만 자는 '두더지' 집단이 한 교실에 모여있다. 개구리는 주전선수이고 두더지는 '삐꾸(주전

선수에게서 낙오된 자)로 은유된다.

오탁구는 자신도 뻐꾸라는 걸 절감하면서 그 학교에서 또 자퇴를 해버린다.

남보다도 못한 아빠, '제로'에게 아빠로서의 도리를 바라며 대들기도 한다. 그러나 또 한 번 버림을 받고 오탁구는 다시 한 번 천애고아가 된다.

　아빠라고요? 함께 살지도 않았고, 생일 밥을 함께 먹은 적도 없어요. 내가 팔이 부러져서 병원에 입원했을 때도 오지 않았잖아요. 솔직히 나는 우리가 진짜 부모자식인가 헷갈려요.

　휴대폰에서 '제로'를 삭제시켜 버린다. 그것만으로는 분이 안 풀린다. 그에게서 물려받은 혈통, 오 씨 성 그리고 이름까지 몽땅. 이대로 영원히 안 보고 살고 싶다. 제로에게서 완전 분리하려면 우선 그 성부터 갈아엎어야 한다.

월세방이 만기가 되었다고. 방을 빼라는 집주인의 통고를 받는 상황에서, 급우 강동호 집에 가서 신세를 지게 된다. '두더지' 과인 강동호가, 이미 농업에 종사하면서 미래를 굳게 다져 나간다는 걸 보면서 오탁구는 인식의 전환을 경험하게 되고. 배를 선별하면서 배에도 상품과 '파치'가 있구나. 나도 이대로 가다가는 인간 '파치'가 되는 구나, 하는 자각을 갖게 된다.

그러던 중에, 3총사 중의 한명인 강수네 집에 가게 되면서 오탁구는 탁구를 다시 하고 싶어진다.

　거실 한쪽 벽면에 빨랫줄처럼 긴 줄이 쳐져 있고 그 줄 위에는 금은동 메달이 무더기로 걸려 있다. 이 메달을 받느라 얼마나 많은 땀을 흘렸을까, 얼마나 많이 맞았을까. 얼마나 많이 다쳤을까.

'그래도 매 맞을 때가 좋았어, 그땐 그래도 목표가 있었고 미래가 있었
으니까.'

진도야에서 오탁구라는 이름으로 개명을 하면서 주인공은 작심하고 탁구
에 온 힘과 정성을 쏟으며 비상한다. 이 소설의 대략적인 개요는 여기까지
이다.

이 글의 말미에서, 주인공은 자기 의지의 징표인 임호의 라켓을 강수에게
잠시 맡겨 두고 경기를 하러 가는 주인공의 모습이 이채롭지 않을 수 없다.
주인공의 최초의 벽은 가족이고 가족은 또한 주인공의 사유의 중심축으
로 영향을 미친다. 이것은 김세인의 전작에서도 마찬가지다.

앞의 작품도 그러했지만 김세인의 소설은 '가족 되기'의 어려움을 말
해주고 있다. 가족이라는 인연을 만들기도 어렵지만 그 관계를 원만하게
유지하는 것도 얼마나 어려운 일인지, 독자는 십분 느끼게 될 것이다.
— 이승하, 『동숙의 노래』 해설 중에서

가족은 한 사람이 세상에서 제일 처음 접하는 대상이다. 가족관계는 어느
한쪽의 목숨이 다해야 끊어지는 것이므로 인간의 힘과 노력으로는 벗어날
수 없는 것이다. 따라서 아이의 운명은 어른의 손에 의해 결정된다.
가족은 청소년들이 맞닥뜨린 관계의 기저基底를 형성한다.
명품가정에서 태어나지 못한 오탁구는 삶의 초입부터 난관에 봉착하게
된 것이다.
아프리카 속담에, 한 아이를 키우려면 온 마을이 필요하다는 말이 있다.
오탁구가 삶의 제 자리를 찾아가는 동안 부실한 부모 때문에, 사회의 구
조적 모순 때문에 자칫 나락으로 떨어질 뻔 한 고비가 여러 번 있었다. 그때

마다 주방보살, 홍보라, 강동호 아버지 등 선량하고 인정 많은 어른들 덕분에 오탁구 또한 반듯한 사람으로 성장할 수 있었다. 그리고 누구보다도 주인공을 안쓰럽게 지켜보며 이끌어주는 캡틴이라는 멘토가 있었다.

사회는 넓은 의미에서 또 하나의 가족이라는 걸 작가는 말하고 있는 것 같다.

이 소설을 읽는 동안 『갈매기의 꿈』의 조나단이 생각났다. 동료들의 배척과 자신의 한계에도 좌절하지 않고 극기의 자기수련을 통해 완전한 비행술을 터득한 조나단은 마침내 초현실적인 공간으로 날아올라 꿈을 실현하게 된다.

'가장 높이 나는 새가 가장 멀리 본다'

이 글의 주인공도 운명의 벽 앞에서 굴하지 않고 끊임없는 자기 수련을 통하여 마침내 자아실현을 확립하기에 이른다.

루카치는 소설의 본질을 이야기 하며, "나는 내 혼을 입증하기 위해 간다 (I go to prove my soul.)"고 말했다.

어려운 환경을 스스로 극복하고 꿈을 실현시키려고 땀을 흘리는 오탁구에게 응원을 보내며, 탁구인의 한 사람으로서, 탁구 소설을 써준 김세인 작가에게 고마움을 전한다.

아울러 『오, 탁구!』가 진정 가족의 사랑이 무엇인가를 질문하고 실천하는 작은 희망의 메시지가 되기를 바란다.

이 도서의 국립중앙도서관 출판시도서목록(CIP)은 e-CIP 홈페이지
(http://www.nl.go.kr/ecip)에서 이용하실 수 있습니다.
(CIP 제어번호 : CIP2018011914)

오, 탁구!

2018년 4월 20일 판 1쇄 인쇄
2018년 4월 27일 판 1쇄 발행

지은이 | 김세인
펴낸이 | 孫貞順
펴낸곳 | 도서출판 작가
　　　　03761 서울시 서대문구 북아현로89 버금랑빌딩 2층
　　　　전화 | 02)365-8111~2   팩스 | 02)365-8110
　　　　이메일 | morebook@morebook.co.kr
　　　　홈페이지 | www.morebook.co.kr
　　　　등록번호 | 제13-630호(2000. 2. 9.)

편집 | 박계현, 손희
디자인 | 전경아
영업 | 손원대
관리 | 이용승

ISBN 978-89-94815-79-4 03810

잘못된 책은 구입하신 서점에서 바꾸어 드립니다.

* 이 책은 세종특별자치시 지역문화예술기금 일부를 지원받아 발간되었습니다.

값 12,000원